A hora entre
o cão e o lobo

SILKE SCHEUERMANN

A hora entre o cão e o lobo

Tradução de
Patricia Broers-Lehmann e Jens Lehmann

EDITORA RECORD
RIO DE JANEIRO • SÃO PAULO

2013

CIP-BRASIL. CATALOGAÇÃO NA FONTE
SINDICATO NACIONAL DOS EDITORES DE LIVROS, RJ

S349h Scheuermann, Silke
A hora entre o cão e o lobo / Silke Scheuermann; tradução de Patricia Broers-Lehmann e Jens Lehmann. – Rio de Janeiro: Record, 2013.

Tradução de: Die Stunde zwischen Hund und Wolf
ISBN 978-85-01-08487-3

1. Romance alemão. I. Broers-Lehmann, Patricia II. Lehmann, Jens. III. Título.

12-7548
CDD: 833
CDU: 821.112.2-3

Título original:
Die Stunde zwischen Hund und Wolf

Copyright © Schöffling & Co. Verlagsbuchhandlung GmbH, Frankfurt am Main 2007

Texto revisado segundo o novo Acordo Ortográfico da Língua Portuguesa.

Todos os direitos reservados. Proibida a reprodução, no todo ou em parte, através de quaisquer meios. Os direitos morais da autora foram assegurados.

Editoração eletrônica: Ilustrarte Design e Produção Editorial

Direitos exclusivos de publicação em língua portuguesa somente para o Brasil adquiridos pela
EDITORA RECORD LTDA.
Rua Argentina, 171 – Rio de Janeiro, RJ – 20921-380 – Tel.: 2585-2000, que se reserva a propriedade literária desta tradução.

Impresso no Brasil

ISBN 978-85-01-08487-3

Seja um leitor preferencial Record.
Cadastre-se e receba informações sobre nossos lançamentos e nossas promoções.

Atendimento e venda direta ao leitor:
mdireto@record.com.br ou (21) 2585-2002.

Não sou nada, nada além de uma silhueta clara nesta manhã, no estreito corredor entre a piscina e a parede de vidro do prédio que a abriga, o múltiplo reflexo de uma vida extinta há anos, a cópia desavergonhada de uma primeira frase. Sentia uma corrente de ar passando pelas frestas dos vidros, sobre os quais, equidistantes, havia silhuetas de pássaros coladas. Na guarita envidraçada do outro lado da piscina, entre os vestiários masculino e feminino, encontrava-se, como sempre, o vigia gordo, vestido de branco. A satisfação estampada em seu rosto lembrava-me um padeiro que, ainda de uniforme, já tinha o dia de trabalho atrás de si e, agora, passava o tempo ali. Ele estava entretido com seu radinho de pilha; não dava para ouvir qual a música que havia escolhido. Com um maiô preto, descalça e molhada, fui até a piscina de 25 metros, onde me posicionei para mergulhar de cabeça.

Minha irmã havia se despedido um minuto antes. Ela aparecera aqui do nada; eu estava a ponto de entrar na água quando a vi chegando do vestiário; no reflexo do vidro observei sua imagem, muito branca, quase azulada, provocada pela longa fileira de lâmpadas fosforescentes. Ela veio ao meu encontro e me cumprimentou, enquanto dei um passo ao lado para evitar seu abraço, uma rejeição que quase a fez escorregar sobre os ladrilhos molhados. Suas mãos, de qualquer forma, encontraram o vazio e ela perdeu o equilíbrio, mas só por um instante, após o qual se recompôs. Ela é flexível, minha bela irmã, e não se joga facilmente aos pés de alguém.

O vigia olhou na nossa direção; talvez imaginasse que eu a havia empurrado. Fiz uma careta e ele virou o rosto de imediato para a piscina à nossa esquerda, que ainda se encontrava intocada, com a superfície lisa e azul. Segui seu olhar; como queria poder mergulhar ali de cabeça, movimentando o mínimo possível a superfície da água, nadando, uma volta após a outra, até os pensamentos se desligarem automaticamente. Ines apontou para a banheira de hidromassagem, batendo os dentes ostensivamente; lógico que ela queria entrar ali, sempre foi friorenta, minha irmã mais velha. Gotas de água brilhavam em sua pele, e o cabelo molhado estava escuro, quase castanho. Pernas compridas, um corpo que se assemelhava a uma ampulheta.

— O que você está fazendo aqui? — perguntei, e ela deu de ombros.

— Vim ver você.

Olhei para a guarita envidraçada e pensei que provavelmente, em algum lugar do mundo, haveria um padeiro que me faria pensar, de imediato, em um vigia de piscina. Do lado de fora, do outro lado do vidro, a área externa se escondia na escuridão invernal. Naquela época do ano, não era usada. Piscinas vazias, extensões de grama pisoteada que aproveitavam o período para se recompor, estruturas cobertas de lona e presas com correntes de ferro, esculturas de cadeiras empilhadas ao lado de algumas árvores; sabia que estava tudo lá, mas não conseguia reconhecer nada, faltando mais de uma hora para amanhecer. Começara a chover de novo, e as gotas, trazidas pelo vento, batiam nas vidraças e escorriam em um constante e contínuo cair. Chovia há dias, chuvas que começavam tarde e terminavam cedo, e do lado de fora fazia um frio do cão, fazendo-me sair de um local aclimatizado para entrar em outro. Piscina, redação, biblioteca. Quando não conseguia dormir à noite, desempacotava uma das caixas da mudança. Não havia dito a Ines que voltara de Roma para Frankfurt. Por motivos que prefiro guardar só para mim, fazia anos que não tinha mais contato com minha irmã. Viver no exterior facilitava as coisas, e preferi assim, vivia bem dessa forma.

Quatro nadadores passaram por nós, tão próximos que seria possível tocar suas panturrilhas treinadas, e fiquei observando o primeiro deslizar para dentro da água em um mergulho perfeito e dar início a uma série de movimentos exatos. Os demais fizeram o mesmo. Nadavam em linha reta e viravam em braçadas sincronizadas de nado livre; era bonito de ver, dava vontade de imitar e, em breve, eu também estaria nadando assim, logo que Ines fosse embora. Eu já sentia a água límpida no meu corpo, mas, até lá, movimentava as pernas, aumentando um pouco o nível de água na banheira, algo como ginástica no vácuo. Ines contou como havia me encontrado. Lera, em uma revista local, um artigo meu e, tendo em vista o tema regional, deduzira que eu devia ter me mudado havia pouco para Frankfurt. Conseguira meu endereço através do serviço de informações, mas achou mais divertido — expressão que ela mesma usou — tentar a sorte, de manhã cedinho, em uma piscina próxima ao meu endereço.

— Achou mais divertido? — perguntei, mas ela evitou responder dizendo em vez disso:

— Você mantém seus hábitos, não é mesmo?

— Mantenho — respondi. — Hábitos. — Meu pensamento começou a vagar e a passar em revista meus novos colegas. Um, bonitão, sempre de terno Armani. Armani, sempre, enquanto os outros usavam jeans e suéter.

— Por que deixou Roma? — quis saber Ines. Pelo tom, parecia que ela já tinha feito a pergunta uma vez e continuava esperando a resposta.

— Bem... — respondi enquanto coçava a clavícula. — Os jornais alemães reduziram a compra de artigos. Menos correspondentes trabalham para mais jornais — respondi —, e, além disso, eu havia recebido uma boa proposta aqui.

Enquanto conversávamos, percebi que sua testa estava coberta de suor, e eu também não me sentia bem naquela sopa quente. Talvez porque nossa conversa estava cada vez menos interessante: trocávamos ideias sobre as vantagens e desvantagens da cidade de Frankfurt em comparação à Roma, sendo que Frankfurt, quem diria, estava levando a pior. Eu não parava de fitar os adesivos em forma de asas negras distribuídas generosamente que deveriam impedir os pássaros de se chocarem na fachada de vidro do prédio. Comecei a me convencer de que não se tratava do estilo padrão dos tais adesivos, não, eles pareciam ser de fabricação própria, aqueles pássaros fantasiosos, excêntricos, grandes e negros; suspeitei logo do vigia da piscina. Ines havia emudecido nesse meio-tempo, e eu não fazia nada para retomar a conversa. Ela ainda expressou algumas obviedades sobre si própria e, após 15 minutos, despediu-se, deixando-me deprimida. Fiquei olhando enquanto ela saía da água, o maiô caro grudado no corpo, preto e molhado como o mundo lá fora, do qual estávamos separadas apenas pelo vidro, e pensei: "Não sou nada, nada além de uma estreita silhueta no corredor entre a banheira de hidromassagem e a grande piscina azulejada." Fui nadar, finalmente.

Ela estava sentada no saguão de entrada, em uma das cadeiras de plástico, ligeiramente encolhida, com uma bolsa de ginástica vermelha e azul no colo. Seu rosto estava sem maquiagem e manchado. Tinha lágrimas nos olhos, e era o rosto com o qual ela conseguia o que queria — eu o conhecia, aquela expressão de negociação. Mal ouvia o que ela estava dizendo, embora compreendesse lendo o movimento daqueles lábios pálidos. Estava com dor de cabeça e queria ser convidada para tomar um café.

— Mas é claro! — exclamei, devolvendo um charmoso sorriso ou, pelo menos, foi o que tentei fazer, pois, por dentro, estava bastante agitada. Como as coisas mudam pouco, pensei. Minha irmã continua mesmo lançando mão dos antigos truques. Ela sempre usou sua fraqueza física com precisão para alcançar seus propósitos; antes costumava sangrar pelo nariz quando não gostava de alguma coisa, de preferência durante o jantar, já que meu pai também fazia então parte da plateia. A impressão era que ela nem percebia as gotas de sangue escuro pingando sobre o pão branco, mas meu pai, que sempre mantinha sua preferida no campo de visão, pigarreava desconcertado e logo saía correndo para buscar um pano mergulhado em água fria e encostá-lo em sua nuca. Assim que o sangramento estancasse, enrolava dois pedaços de um lenço de papel e os encaixava nas narinas dela.

— Meu elefante — dizia ele, cheio de ternura. E faziam o elefante sentar no sofá verde, em frente à televisão, e escolher o filme que veríamos após o noticiário da noite. Enquanto isso, na mesa vazia, eu me empanturrava com os restos do jantar, recolhidos de todos os quatro pratos, só deixando as sobras de pão da Ines, por acreditar ter visto uma gota de sangue nelas.

Não chovia mais lá fora; o clima era claro e fresco, daqueles que a gente gostaria de poder colocar em frascos de perfume e borrifar pelo apartamento, mas, no bonde, que começava a se movimentar aos trancos e solavancos, o ambiente era desagradavelmente úmido. À esquerda e à direita, batiam-se guarda-chuvas gotejantes. Deixei Ines passar à frente. Ela logo esbarrou em uma mulher que havia estacionado um carrinho de criança marrom e sujo ao seu lado.

— Tome cuidado! — reclamou a mulher, e minha irmã desapareceu, com a cabeça encolhida entre os ombros, no meio dos demais passageiros. Por um ou dois minutos eu a perdi no meio da massa anônima, até encontrá-la em um assento, à janela, em um grupo de quatro lugares, no sentido do trânsito, com a bolsa de ginástica no colo. O lugar ao seu lado estava vazio, mas à frente havia um homem com cara de ave de rapina. Seu sorriso descarado e inoportuno não me agradava. Não quis me sentar ali. Fiz um sinal para Ines e fiquei em pé na área livre perto da porta. De lá, enquanto passávamos por diversas estações, fiquei observando minha irmã, sentada com uma parca verde-oliva, as mãos contorcidas nos bolsos, parecendo estar com frio, e muito menor naquele ambiente. Uma criatura qualquer, pálida, que se movimentava na cidade seguindo seu caminho insignificante. Eu me perguntei o que ela queria de mim, enquanto fiz sinal de que teríamos que descer na rua Textor. Passamos por uma velha, acomodada sob a marquise daquele ponto com sacos de plástico cheios e rasgados nas laterais, que nos cumprimentou timidamente com a cabeça. No seu casaco de pele cinza-amarronzado e puído, com olhos arredondados e assustados, e aquele buço, ela me fez pensar em um coelho velho e cansado.

No corredor, a secretária eletrônica estava piscando. Sábado de manhã, nem 10h ainda, era um horário absurdo para receber um telefonema. Logo, deduzi que era para a americana que morava aqui antes de mim; portanto, fiz sinal para Ines se sentir à vontade. Eu ainda iria ouvir o recado e pressionei, tensa, o botão *play*. Um certo Francis, já meu conhecido após uma dezena de ligações, pedia para, por favor, ligar para ele. Ele implorava a Susan, "please". "Darling", eu conseguia avaliar o grau de desespero na voz um tanto nasalizada, notei que o tom de súplica só aumentava e concluí que os dois não teriam um final feliz. Por causa de outra pessoa que costumava ligar, uma mulher que parecia ser muito amiga de Susan, eu já sabia que o casal tinha problemas sérios. Essa mulher não telefonava mais. Pelo visto, já tinha o novo número de Susan. Tirei meu sobretudo e rebobinei até ouvir a voz agradável de Susan, *Here is Frankfurt, 615673, please leave a message*. Eu gostava daquela voz e não queria desfazer-me da mensagem.

— Você quer café, Ines? — perguntei ao entrar na sala, onde minha irmã se encontrava imóvel, bem no meio. As mãos nos bolsos da blusa de moletom verde-abacate, os cabelos presos em um rabo de cavalo com as pontas ainda molhadas. Ela fitava a porta de vidro da varanda, e foi algo naquela imobilidade e na umidade que exalava dela que me impeliu a ser resoluta. Assim sendo, passei por ela, empurrei a porta de correr e, logo que saí, meu olhar recaiu sobre determinado lugar no piso de pedra da varanda. Iluminada pela luz forte que vinha da sala, a mancha pequena e escura se tornou bastante nítida. Tinha sido ali que encontrara, durante a mudança, um pequeno pardal com as asas abertas e o pescoço torcido. Embora ele provavelmente tivesse batido no vidro, mais parecia ter sido estrangulado. Era uma vítima de assassinato e não de um infortúnio. Vesti luvas de borracha amarelo-canário e o coloquei em um saco de lixo que levei imediatamente para o pátio. Sepultei o pássaro no tonel de papel velho, sobre jornais que noticiavam outros acidentes do dia e, como um pequeno acessório fúnebre, joguei as luvas amarelas por cima do cadáver. Lembrei-me disso agora, bem como da minha intenção de comprar alguns adesivos em forma de pássaros, como os que havia visto na piscina pública, e de que sempre me esquecia de fazer. Uma rajada de vento gélido me deu uma bofetada. No pátio, dançava um saco plástico, que levantava, caía e dava voltas como se guiado por fios invisíveis. Levantei ainda mais a gola do pulôver.

Ines, que naturalmente não havia notado a mancha de sangue — como poderia, afinal, se era tão pequena —, parou do meu lado e ficamos ambas debruçadas no parapeito, olhando para o pátio, observando por minutos os quatro tonéis de lixo e a fileira de tomateiros raquíticos. Passado algum tempo, Ines, abraçando o próprio peito, começou a balançar suavemente para a frente e para trás, os lábios azul-arroxeados de frio.

— Às vezes — comecei a contar — dois garotos das redondezas aparecem por aqui, e suas brincadeiras são impressionantes, eles chegam a torturar um ao outro... — Foi quando interrompi o que estava dizendo, pois ouvira algo, um barulho baixo e penetrante, o bater de dentes de Ines, e, embora ela, por gentileza, provavelmente fosse capaz de suportar aquela triste visão por mais algum tempo, convidei-a a entrar. Enquanto ela se sentava na cadeira da cozinha esfregando as mãos, peguei o pacote de café na dispensa; foi então que me lembrei da roupa molhada.

— Quer que eu pendure o seu maiô também? — perguntei.

Ela logo me estendeu um pedaço de pano molhado que peguei com a ponta dos dedos. Em pouco tempo, as peças de roupa molhadas e negras como almas penadas pendiam sem vida e frias, lado a lado, da calefação no banheiro, enquanto estávamos sentadas à mesa segurando nossas xícaras, não muito mais animadas. Ao fazer o café, produzi uma série de barulhos, e Ines se deu ao trabalho de me entreter. Ela contou sobre o novo namorado e que, ultimamente, estava trabalhando pouco e muito mal. Coloquei as xícaras grandes na mesa junto com alguns biscoitos e liguei o rádio. Já estavam tocando valsas primaveris, agora, em meados de janeiro. Antes mesmo de terminar de pôr a mesa, Ines havia emudecido e começara a fitar a toalha estendida. Mais uma vez, ficamos muito silenciosas. É como durante uma paquera: cada um espera até o outro dar o primeiro passo, cada pequena hesitação é compreendida como uma recusa em tomar parte daquela dança em conjunto. Achei que ela deveria se esforçar mais, depois de haver imposto sua presença daquela forma, e comecei, agora com raiva contida na voz, a idealizar Roma. Ines ainda ficou por vinte minutos, durante os quais foi duas vezes ao banheiro. Da última, trouxe o maiô ainda molhado, enquanto conversava baixinho no celular. Ouvi-a passar, sem qualquer constrangimento, o meu endereço. Enquanto estava ao telefone, fui buscar sua parca, gesto que ela pareceu não interpretar como obséquio, pela fisionomia melindrada. Tentei reverter logo a situação elogiando a parca.

Não contei com o fato de ela querer dá-la de presente para mim em seguida.
— Claro! — insistiu ela.
— De modo algum! — retorqui e, enquanto discutíamos, a campainha tocou.

O homem se apresentou e me estendeu a mão, quase tão bronzeada quanto a minha. Talvez ele também tivesse estado no Sul há pouco. Tive que inclinar o pescoço ao máximo de tão alto que era; sobre o nariz grande usava óculos quase transparentes e por detrás deles brilhavam olhos azuis-esverdeados. Gostei dele, embora fosse namorado de Ines. Eu poderia me aproximar dela e dizer que o achava bonito, e o que será que aconteceria então? Como Ines não vinha, expliquei a Kai que ela estava na cozinha e, sem titubear, ele passou por mim com passo rápido na direção certa. Fui atrás dele.

— Como você sabe o caminho? — perguntei.

— Os apartamentos nos prédios antigos desta rua são todos iguais. Um amigo meu já morou por aqui — respondeu.

Havia certo desprezo na sua voz, como se o amigo e eu fôssemos dois deploráveis alienados em um mundo uniforme que, como moradores, não percebíamos. Na cozinha, Ines havia se encolhido e cumprimentou o namorado com pouco entusiasmo, um "você já está aí" murmurado, o que levou Kai a perguntar se havíamos conversado.

— Conversado? Sobre o quê? — perguntei, finalmente desligando o maldito rádio.

Não recebi resposta. Kai observava a imóvel Ines, que não erguia os olhos de sua xícara. O olhar dele se cravou na mancha molhada deixada pela extremidade úmida do rabo de cavalo nas costas da blusa. Minha irmã parecia mais pender da cadeira do que estar sentada nela. Nunca antes me chamou a atenção como o "estar sentado" pode ser uma atividade passiva.

— Vamos embora, por favor — disse ela, de repente. Pegou a capa e deixou que Kai carregasse sua bolsa. Apática, com olhos semicerrados, fiquei observando da janela enquanto eles se aproximavam de um velhíssimo Mercedes azul-escuro, estacionado do outro lado da rua, um daqueles carros que artistas e publicitários gostam de dirigir. Quem sabe esse Kai também não era pintor. Ele não havia colocado o braço em torno de seus ombros, eles não andavam de mãos dadas. Foi então que percebi que Ines estava só de pulôver. Desconfiada, fui até a porta do apartamento e a abri. De fato, no capacho, cuidadosamente dobrada, encontrava-se a parca verde-oliva. Eu a peguei e vesti. Perfeita. De parca, passeei pelo apartamento para cima e para baixo e, quando ficou quente demais, fui para a varanda. Os garotos estavam lá; o menor tinha um chapéu de caubói, e o maior, penas de índio. O índio amarrou o caubói ao tonel de lixo com tamanha precisão que o garoto, quando esperneava, movimentava todo o tonel até que, exausto, parava quieto. O maior batia nele, com um pedaço de pau, bem na canela, de novo e de novo, só na canela. O tonel se mexia com frequência. Eu observava aquilo impassível. A primeira vez que vi os dois fiquei horrorizada e comecei a gritar: "Parem com isso, meu Deus, parem com isso!", até os dois caírem na gargalhada e me mostrarem as línguas rosadas.

Inquieta à noite, comecei a perambular pelo apartamento. Sem muito ânimo, acabei abrindo uma caixa da mudança cheia de papéis, cartas antigas, cartões-postais e cacarecos que algum dia pareceram importantes e eram levados de um lado para outro sem que jamais alguém tivesse lhes dado realmente atenção. Então tocou o telefone, e a voz de Susan trouxe vida ao apartamento, fiquei escutando do meu lugar no assoalho, onde estava com as pernas cruzadas. Ninguém deixou recado, só ouvi um sinal uniforme. Tanto faz, tinha acabado de encontrar uma caixa de flandres que me chamou a atenção; outrora ela acomodara amanteigados dinamarqueses e agora estava cheia de fotografias. Peguei um bolo de fotos com as duas mãos e as folheei desconcentrada e rapidamente, como se assistisse a um desenho animado observando as páginas de um livro. Em cima, havia fotos de Roma; embaixo, outras mais antigas. Sem escolher, como se eu tirasse a sorte, peguei duas que se encontravam bem no final, fotos de infância, Ines e eu na praia. Na primeira, estávamos lado a lado e ríamos. Ambas usávamos franja e chapéus de sol com estampa quadriculada; eu, quatro anos mais nova do que minha irmã, balançava um balde e uma pá de plástico. Nossos narizes estavam vermelhos do sol, as cabeleiras queimadas, de um louro quase branco, domadas sob os chapéus. Ines estava descalça, eu usava sandálias de plástico que podiam ser molhadas. A segunda foto nos mostrava brincando. De Ines, somente se via a cabeça saindo da areia que eu revolvia. Ela gritava de contentamento. Vi a felicidade ruidosa da minha irmã e do meu eu mais jovem, labutando e cavando. Com as fotos nas mãos, tremendo um pouco, já que não havia ligado a calefação, voltei no tempo. Ela adorava essa brincadeira, demonstrando uma confiança infinita em mim, na certeza de que eu não cobriria de areia sua cabeça também. Ines gostava de sentir a areia quente no corpo, chegava a esfregá-la na barriga e nas pernas. Eu, por outro lado, nunca deixaria que me enterrassem, por claustrofobia, desconfiança, ou o que quer que seja. Talvez fosse simplesmente quente demais para mim. Fiquei olhando para a foto. O sol, a sequidão, a areia solta, branca e fina. Atrás estava escrito "Oostende", verão do ano tal. Foi quando aprendi a nadar; eu adorava natação, desde o início. Passei o dedo na foto, devagar, de leve, fechei os olhos, clareou, cada vez mais claro, e eu estava deitada em uma toalha de banho; não, estava de pé junto ao mar, olhando para longe em uma altura diferente, infantil. Eu semicerrava os olhos, observando o horizonte, mexia as pernas, água respingava, areia passava pelas frestas das sandálias de plástico, mais um pouco e eu começaria a nadar ali. Estava sem a parte de cima do biquíni, já que ainda não tinha seios. Ines também ainda não tinha, mas vestia a sua, como se pudessem crescer por milagre enquanto ela tomava banho de sol. Ela sempre foi otimista, minha irmã mais velha. Quando o telefone tocou novamente no corredor, estremeci de susto, recoloquei a lata na caixa de mudança e fui até lá.

Kai se desculpou por ligar tão tarde. Parecia nervoso. Estava fumando, ouvi o clique do isqueiro. Precisava falar comigo, disse. Sobre o quê?, perguntei. Do corredor, olhei para a cozinha, onde ele havia estado, e fiquei imaginando-o. Sentado ereto, tenso, um cigarro queimando vagarosamente entre os dedos.

— Não por telefone!

"Não por telefone!" Achei aquilo engraçado.

— Onde, então? Em um café? — perguntei e ele concordou. Amanhã, depois do trabalho, sugeriu. — Mas amanhã é domingo — lembrei. Perguntei se também era pintor.

— Fotógrafo.

Eles tinham uma sessão de fotos no dia seguinte. Sugeri ir assistir, anotei o endereço em um post-it. Com o post-it grudado no indicador, fiquei parada, indecisa. Onde ia colocar aquilo? A sala inteira estava cheia deles para me lembrar das coisas, uma mania minha. Acabei colando-o no espelho do corredor, ao lado daqueles com os supostos melhores cabeleireiros da cidade que eu ainda não havia visitado, dica de uma colega de redação, e com o serviço de entrega de pizza, com o qual eu somente havia encomendado refeições vietnamitas e tailandesas, nunca italianas.

No dia seguinte, saí cedo, vesti minha parca nova, tirei o post-it amarelo do espelho junto ao cabideiro e desci as escadas. Ao sair, percebi que precisaria de um guarda-chuva e voltei para o primeiro andar. Duas ruas depois, havia um ponto de táxi e, de fato, como se estivesse esperando por mim, havia um carro estacionado. Li o endereço no post-it para o motorista, que logo abaixara a janela e mostrara seu rosto escuro e símio, sentei no banco de trás e fiquei olhando para fora.

Nunca havia estado naquela parte da cidade, a zona oeste, nas imediações dos velhos galpões de fábricas, onde o espaço entre os prédios era misterioso e vazio, e imensos terrenos cobertos de ervas daninhas serviam como playgrounds perfeitos. Pensei nos dois garotos lá do pátio; aqui eles poderiam dar vazão ao seu prazer sádico sem serem incomodados. No estacionamento, o velho Mercedes de Kai se encontrava entre outros dois carros. Paguei ao motorista e me dirigi à entrada. De vez em quando olhava para o céu, que parecia chuvoso de novo.

Na porta, cumprimentei a ruiva gordinha que estava ali sem motivo aparente, mas, quando me espremi para passar pela entrada, ela me disse, fazendo uma cara de muito atarefada:

— Você deve ser a irmã da Ines. Parecidíssimas! Eu sou a Carol. Vem comigo.

No galpão, um pequeno grupo de jovens vestidos de preto circundava duas moças de uns 14 ou 15 anos, altas, cobertas com leves vestidos de verão, que se encostavam com uma lascívia profissional à parede caindo aos pedaços. Eficiente, um fotógrafo — não Kai, outro — pulava ao redor delas, agachava-se, encostava-se na parede, afastava-se novamente com a câmera apontada para as moças.

— Quer ficar olhando? — perguntou Carol.

Neguei com a cabeça. Passamos pelo grupo e ela me levou para uma porta preta na parede do galpão. Carol abriu a maçaneta com cuidado e me empurrou para dentro da sala separada, cujo ambiente era o oposto do anterior. Aqui era escuro e apertado, e reinava um silêncio concentrado. Entrei tateando devagar pela parede até conseguir enxergar melhor. Em uma cadeira, iluminada por uma luz branca, havia uma mulher muito velha com rugas tão finas no rosto que pareciam se recompor em uma superfície plana, era um rosto perfeito, inocente, infantil, um rosto de, pelo menos, 100 anos e, ainda assim, tinha-se a impressão de poder retroceder através da pele uns 89 anos e ver a menininha que fora um dia. Fiquei contemplando suas mãos levemente arqueadas sobre o colo, que me lembravam garras, garras de um pássaro mítico, gigantesco. Uma das jovens assistentes de preto penteava a velha, sem que ela demonstrasse qualquer interesse pelo que lhe acontecia; ela simplesmente estava sentada ali, iluminada pela luz, naquela cadeira, espalhando um vazio ao seu redor como uma ilha solitária. Eu estava tão entretida com aquela imagem que me assustei ao ouvir a voz de Kai de repente.

— A luz — falou —, avise-me quando estiver cegando você.

Ela assentiu, e movia a cabeça para a direita e esquerda com surpreendente profissionalismo quando Kai lhe dava instruções, em voz baixa. De resto, reinava um silêncio sepulcral, ninguém se mexia; todos percebiam o poder perturbador, a estranheza e a dignidade da velhice. Depois de algum tempo — dez minutos ou meia hora, impossível saber, eu não tinha mais noção do tempo — a velha perdeu a concentração; levantava o queixo quando tinha que abaixá-lo e confundia a esquerda com a direita.

— Estamos quase acabando — avisou Kai —, só falta este rolo.

Pensei em uma reportagem que havia lido uma vez sobre o camundongo mais velho que já viveu em laboratório. Yoda foi o nome que os cientistas lhe deram. Ele completou o equivalente a 136 anos humanos, mais que o dobro dos outros camundongos. Aquilo se devia à sua magreza, diziam que poupava o coração e a circulação. Por outro lado, ele sempre sentia frio, e por isso tinha que dividir sua gaiola esterilizada para camundongos idosos com outro residente, um camundongo gordo que lhe fornecia calor constantemente. Perguntei-me como aquela velha vivia. Se ela, nos momentos em que não pousava como modelo, ficava sentada em um apartamento superaquecido, olhando pela janela para ver se acontecia algo de interessante. Debrucei-me na direção de Carol e senti o cheiro forte de seu perfume.

— Ela parece incorporar a ideia da morte — sussurrei.
Carol me olhou sem entender. Alguém pediu silêncio. Qual teria sido a idade do Yoda de verdade? Não me lembrava mais; no entanto não parecia mais tão impressionante assim. Quatro anos? Quando a luz se acendeu, logo deixei a sala. Carol me seguiu como uma sombra.

— Para que estão tirando fotos da velha? — eu quis saber.

— Para uma campanha de propaganda do governo alemão — respondeu Carol. — A intenção é mostrar que as testemunhas estão morrendo.

— Entendi. Então ela é judia?

Carol deu de ombros, entediada.

— O que sei é que ela é modelo fotográfica para fotos especiais.

— Hum — murmurei, passando meu peso de um pé para o outro.

Carol me deu seu cartão de visitas. Finalmente, Kai chegou.

Ele limpou o suor da testa com a mão, olhou com desinteresse para minha parca e se desculpou por me fazer esperar. Fomos para o carro pelo caminho de cascalho. Por nós, passou correndo um jovem que nos cumprimentou. Ele tinha pernas compridas, vestia uma jaqueta de couro escuro e usava óculos escuros com lentes verde-metálicas. Montou na bicicleta encostada no prédio e saiu pedalando feito louco.

— Tchau, Paul! — despediu-se Kai.

Comparados a Paul, nós nos arrastávamos em direção ao carro. Eu dobrava e torcia o cartão de visitas que Carol me havia dado quando nos despedimos com o endereço da agência de publicidade, e fiquei imaginando como Kai e minha irmã teriam se conhecido. Chutaria em uma exposição. Kai destrancou a porta do carro.

— Onde foi que vocês se conheceram? — perguntei, sentando no carro que, embora fosse um modelo muito velho, era extremamente bem-cuidado. No banco traseiro havia alguns filmes e um pacote grande de lenços de papel. Fiquei esperando pela resposta, enquanto Kai colocava ali os diversos componentes de seu equipamento, seguindo metodicamente um sistema próprio, e, embora ele hesitasse além do normal, a pergunta não me pareceu inconveniente. Não, ela não tinha sido indiscreta, casais costumam respondê-la com prazer; o mito da criação é importante.

— Em uma festa, eu acho — disse Kai, desinteressado, e deu partida no carro.

— Então foi em uma festa? — repeti, mas ele deixou por isso mesmo. Uma festa, talvez um vernissage. Ele certamente admirava o trabalho de Ines, suas obras ofuscantemente luminosas em cores pastel, que representavam pessoas felizes enquanto passeavam ou liam na praia, pinturas nas quais adultos equilibrados davam pulos sem sentido e se beijavam... Impossível não reconhecê-la, a obra de Ines Inah II, como costumava assinar — seu pseudônimo, já que, a bem da verdade, temos um sobrenome bastante corriqueiro. Essa falsificação da realidade desarmou os críticos de arte, segundo os quais Ines introduzia o *ex-negativo*, apresentando uma superficialidade corajosamente representada. Em Roma, conversei com um crítico de arte de determinado jornal que tinha como tarefa observar a cena cultural jovem na Inglaterra, França, Alemanha e alguns outros países que esqueci, e que achava Ines o máximo. Lembrava-me com frequência de uma foto que mostrava Ines durante sua primeira exposição, com um chapéu de veludo que mais parecia um turbante e um colar de pérolas de duas voltas, o vestido amassado de propósito, o penteado levemente malfeito; ela parecia uma boneca magra que alguém vestira às pressas. Na época, recortei a foto e provavelmente ela se encontrava em outra caixa de flandres porque, apesar de tudo, eu tinha tido orgulho dela. Não foram as pinturas em cores pastel que eu ressentia, mas aquelas que representavam meu pai moribundo, hiper-realistas, assustadoras, indiscretas, levando em conta que se tratava de um homem do maior recato. Mas vamos esquecer isso. De forma agressiva, perguntei a Kai sobre o que ele queria conversar comigo. Parecia estar cortando o clima denso de um passeio de carro em família, que havia surgido exclusivamente do fato de estarmos juntos em um carro debaixo de chuva.

— Bom — disse Kai, olhando sempre para a frente —, a questão é que Ines gostaria de morar com você por uns tempos.

— De jeito nenhum — respondi, como se não fosse nada.

Acompanhávamos o rio. A chuva mudou, ficou mais intensa; seu barulho, mais alto. Os demais carros tinham os faróis acesos, afinal, em um temporal daqueles, esquecia-se rapidamente que ainda era dia. Kai já havia ligado os limpadores de para-brisa há algum tempo, mas não ajudava muito, já que a chuva vinha de uma direção indefinida, um tanto enviesada, espatifando-se no vidro e desviando para o capô, de onde retornava mais uma vez para o vidro e descia em filamentos transparentes. Comecei a ficar de mau humor, uma disposição ruim em sintonia com aquele temporal idiota que me incomodava. Tentei me concentrar em uma única gota de chuva que escorregava, mas não consegui e passei a me sentir frustrada — como se tivesse lutado com todas as forças contra um balde de água e perdido. Nesse ínterim, Kai havia encostado do lado direito e senti seu olhar.

— Ela não está bem — disse ele. — Para piorar, estão fazendo obra na frente da casa dela, isso a está enlouquecendo, não consegue mais trabalhar. Além disso, acho que é importante que ela faça as pazes com você.

Ouvi tudo aquilo e retruquei.

— Como assim, fazer as pazes? Não estamos brigadas.

— Como não? — exclamou Kai em um tom irritado.

Foi o tom que acabou me aborrecendo ainda mais. Afinal, era ele quem estava me pedindo alguma coisa e não o contrário. Claramente entediada, fiquei olhando para minha mão, ou melhor, meu pulso, no qual havia uma pulseira de prata fininha. Arregacei a manga da blusa e deixei meu olhar subir pelo braço, antebraço, até a dobra, onde tinha uma pequena cicatriz branca em ziguezague, que não lembrava mais onde conseguira. Abaixei novamente a manga.

— E por que ela não se muda para a casa de uma amiga ou para a sua? — perguntei, com a agressividade de um ataque surpresa, encarando-o. De imediato, ele perdeu a pose e começou a dar desculpas.

— Lá em casa é apertado e, além do mais, no momento, tenho um colega que está fazendo um trabalho em Frankfurt morando comigo.

— Então ela poderia passar uns tempos no ateliê dela — sugeri, batendo na mesma tecla.

A desculpa dele me pareceu vergonhosa. Afinal, era apertado e alguém estava passando uma temporada lá? Kai, aliviado por ter conseguido desviar a atenção da sua moradia desconfortável e superpovoada, explicou que Ines estava sem ateliê no momento. Ela teve que sair do antigo, por questões de contrato, e estava procurando outro.

— É mesmo?

Agora eu estava realmente surpresa. Isso significava que ela não estava trabalhando pouco ou mal, como havia dito na piscina, e sim que ela não estava trabalhando e ponto, uma situação que me parecia atípica para a minha tão ambiciosa irmã, tendo em vista que ela tirara vantagem até mesmo da morte do nosso pai.

— E aí, como é? — perguntou Kai, de novo.

Ele era teimoso, o namorado da minha irmã, verdade seja dita.

— Quero ir embora. Por favor, me leve para casa — respondi.

Em casa, ainda de parca, enchi a chaleira elétrica. Enquanto a água começava a esquentar, andei de um lado para outro no corredor, parei na frente do espelho do cabideiro e fiquei analisando meu rosto pálido e o cabelo úmido e liso, um rosto que, tenho que concordar com Carol, se parecia muito com o de Ines, até demais. Ainda via com clareza, o olhar reprovador e decepcionado de Kai e, logo no primeiro gole de chá, comecei a entrar em conflito com a minha decisão. Eu poderia pelo menos ter perguntado o que estava acontecendo com Ines, mesmo que, claro, eu já soubesse. Afinal, desde a puberdade ela passava por crises de inércia, durante as quais se segurava em outra pessoa, a, b, ou c, escolhida ao acaso, e sugava sua energia como um vampiro até a, b, ou c acabar como um trapo jogado na sarjeta, enquanto Ines, revigorada, voltava cantarolando para o cavalete. Furiosa, tomei mais um gole de chá, enquanto dizia a mim mesma que, provavelmente, Kai já havia tido o prazer diversas vezes e, agora, procurava um bobo para substituí-lo. Mas eu não era tão ingênua, não mesmo. Apesar disso, decidi marcar um encontro com minha irmã para tomarmos um café.

Anoiteceu, eu estava fumando na varanda, vestindo a parca de Ines. Não conseguia ver o que havia lá fora e estava pensando em Roma, nos rochedos marrons, oliveiras, o sol, o vinho branco frio que se costuma beber em um pequeno bar na esquina; chamou minha atenção que já fazia algum tempo que não pensava mais em Roma. Curioso, algumas semanas em outra cidade e as imagens dos lugares e das pessoas que, até pouco tempo atrás, eram corriqueiras começam a empalidecer. O que teria acontecido se tivéssemos nos encontrado em Roma, Kai e eu, alguns meses antes, em uma galeria ou em frente a um cinema? Ele não teria conhecido Ines, teria sido eu a chamar sua atenção e a acenar para ele, descontraída. Quem sabe ele não teria conseguido se expressar e eu poderia ter traduzido algo para ele, pedindo uma bebida, por exemplo, ou comprando uma entrada. Joguei o cigarro pela metade para baixo. A luz do pátio se acendeu. Uma mulher vestindo um robe de banho saiu, colocou alguns jornais no tonel errado e ia voltar para dentro quando percebeu minha presença, talvez graças à iluminação, olhou para cima e sorriu. Recebi seu olhar, um olhar particularmente alegre, autoconfiante, cheio de uma satisfação interior, e sorri de volta, imitando aquele olhar. Ela calçava tênis amarrados com displicência, os cadarços se arrastando pelo chão. Fui dormir cedo naquela noite. Enquanto me despia, passei os olhos pelo caderno de cultura do jornal. Uma nova exposição acabava de ser inaugurada na galeria Schirn. Arranquei a página e a coloquei sobre a escrivaninha. Anotei "telefonar para Ines" em um post-it.

 O recorte do jornal devia ter caído da mesa, só o encontrei dois dias depois, minha caneta tinha caído, eu me abaixei para engatinhar até a parede... E não é que estava lá! Fui verificar o horário do museu na internet. Quintas à noite, até as 22 horas. Dei uma olhada no relógio e eram apenas 20h.

 Comprei uma entrada e só então me dei conta de que, pouco tempo atrás, em um acesso de economia, havia adquirido um passe anual para diversos museus da cidade e me dirigi do guarda-volumes — onde eu já havia empenhado uma busca atrás de uma moeda para o pagamento adequado — de volta para a senhora gorda, de óculos e muito bem-arrumada, que havia me vendido a entrada. Expliquei-lhe o problema e, em seguida, sem muito entusiasmo, ela abriu o caixa, recebeu minha entrada de volta e devolveu meu dinheiro, uma ação que pareceu afetar seu humor a ponto de o fato de eu ter dado início àquela empreitada me incomodar. Por outro lado, agora estava cheia de moedas. Guardei minhas coisas no armário e subi a imensa escadaria curvilínea que levava às salas de exposição. Aleatoriamente, sem me ater à concepção da exposição, percorri o primeiro salão até chegar a uma imagem no centro que me impressionou. Representava a cabeça de uma mulher, cuja parte superior estava escondida por uma venda preta, de forma que a boca, nem bonita nem feia, uma boca funcional, tornava-se o centro das atenções. Cheguei perto e logo me afastei um pouco, permitindo que as cores e formas intensas exercessem seu efeito sobre mim, fluíssem para dentro de mim, e, quando cansei da imagem, continuei meu caminho, olhando para outra pintura, um fragmento de cabeça. Aqui as orelhas eram o foco de atenção, transformando o fragmento da cabeça em um espécime entre humano e macaco. No centro da terceira obra não havia nem boca nem orelha, embora fosse possível reconhecer ambas, mas não, dessa vez o foco eram os olhos. Continuei, detendo-me por mais ou menos tempo diante de certas imagens, até ver uma coleção completa de lábios esfacelados, costas rasgadas, colunas curvadas, pernas se desmanchando no vazio, uma monstruosa semelhança entre todos os homens e mulheres sentados e ajoelhados, sempre solitários, impossíveis de distinguir nos diversos trabalhos. Continuei perambulando até cansar e, por incrível que pareça, tremer de frio, embora o museu estivesse bem aquecido, enquanto eu ainda mantinha, fato do qual só me lembrei então, o cartão de anuidade na mão, agora já bastante amassado. Um grupo guiado entrou no salão e me absorveu. O objetivo era o quadro que eu acabara de observar, mas, sem deixar que aquilo me incomodasse, me virei um pouco e comecei a observar aqueles que agora admiravam o quadro da mesma forma que há pouco eu o observara, a mulher com os dentes brilhantes e argolas douradas que quase alcançavam seus ombros e que, apesar de loura, tinha um quê de mediterrânea, pelo jeito enérgico de se movimentar e gesticular; dois adolescentes, um rapaz e uma moça, as bocas contorcidas no mascar de chicletes; a mulher ao lado, talvez mãe deles, mordendo o lábio; o homem um pouco mais afastado que se fazia de solitário e coçava alternadamente a barriga e a cabeça, ele também tinha, como todos os membros do grupo, aquela expressão esperançosa e vazia de ouvintes, certos de obter, em breve, uma satisfação pessoal. Eu me enojava um pouco, mas permanecia em seu meio, fazia parte deles, subia e descia ligeiramente o tronco, perdendo-me na observação dos corpos representados, corpos individuais, corpos existenciais, corpos temerosos, dilacerados em partes, via os olhos e bocas, não mais os verdadeiros, apenas os pintados, via pessoas pintadas, cujos olhos não passavam de cavidades, cujos olhos, na verdade, não existiam. Fechei as pálpebras e vi diante de mim as extremidades superiores e inferiores do corpo, aberturas corporais que estavam ali apenas para direcionar o ser humano aos impulsos inerentes à sua existência, que, quando exacerbados, podiam levá-lo de volta ao estado animal. Continuava a vê-los diante de mim, mesmo fechando os olhos com força e me perdendo em um pesadelo, o pesadelo de uma vida, no qual as características animais do ser humano começam a dominá-lo em certos momentos extremados, até tê-lo por completo sob seu controle e levá-lo a agir por puro instinto, um instinto sem valores morais, uma compulsão que pode gerar uma beleza infinita, o bem e o mal, apagando os limites do homem e impondo seus próprios. Também não me incomodei quando a historiadora de arte, que até pouco tempo conversava com um rapaz alto e desengonçado que demonstrava grande interesse, correu para a frente, posicionou-se diante da pintura e começou a falar com voz estridente e presunçosa; em vez disso, cruzei os braços e comecei a balançar o corpo de um lado para outro com os olhos fechados, imitando Ines sentada na minha cozinha, dominada pelo reconhecimento da brutalidade absoluta de que as verdades sempre podem surgir em meio ao nosso cotidiano, em meio aos relacionamentos que fluem delicadamente, em um desses dias em que, embora o infinito seja uma realidade, a gente arruma as flores em um vaso, escuta uma sinfonia de Mozart, penteia os cabelos.

De repente, senti uma fome do cão, como jamais achara possível sentir. Apressei-me em direção à saída, quase tropeçando na escada, tirei meus pertences do armário, corri pelo pavimento do pátio interno do museu com a parca de Ines nos braços, até entrar no café pela porta giratória. Pedi um sanduíche de queijo no bar e, quando a jovem pegou a pinça prateada para tirar da vitrine um pão com elaborado recheio, me apressei a apontar para outro, coberto com um grande filé, um pedaço de carne tão imenso que passava pelas laterais, e disse:

— Esse daí também. Os dois para levar, por favor.

Torcendo o nariz, a jovem procurou, desajeitadamente, papel de alumínio; afinal, não se tratava de uma lanchonete, mas eu estava com uma vontade louca, ao receber aquele embrulho que estalava ao toque, um desejo que ninguém me tiraria; aquele sanduíche — me conscientizei claramente naquele instante —, aquele sanduíche seria meu. Enquanto saía do local, desembrulhei o de queijo, que, na vitrine, me parecera tão apetitoso, mas, agora, havia se derretido e se tornado uma massa amorfa, embora me apetecesse como nunca; logo dei uma mordida enorme, sem diminuir o passo, caminhando na direção do Main, onde pretendia sentar em um banco e comer olhando para o rio. Logo mudei de ideia por parecer longe demais e decidi sentar no primeiro banco que encontrasse, em um pátio de escola abandonado, me escondendo no canto mais afastado, como um predador que quer manter sua presa só para si. A árvore à minha frente me fez a gentileza de oferecer cobertura para o caso de alguém atravessar o portão de ferro depois de mim. Comi o primeiro pão com mordidas rápidas e pequenas. Depois disso, já me sentia satisfeita e, perplexa, pesei o segundo — e maior — pacote de alumínio na mão. O que eu ia fazer com ele? Envergonhada, coloquei-o de volta na bolsa, procurando perceber a saciedade como algo agradável, mas sem sucesso. Queria poder tirar aquela comida de dentro de mim e, experimentando, tossi e engasguei um pouco, mas nada! O sanduíche formara um punho cerrado no meu estômago. Decidi voltar para casa a pé, castigo por minha gula, mas havia esquecido que as calçadas eram horríveis aqui em Frankfurt, esta... esta... Procurava um palavrão, esta não Roma, não Paris, não Nova York... Andei até que alcancei a Eiserner Steg e fiquei de pé, no meio da ponte, um vento gélido soprando, as ondas batendo com força nas pilastras da construção e lá estava eu, no meio de uma cidade que me era estranha; a parca era quente, mas curta, e minhas pernas estavam geladas, protegidas apenas por finas meias de náilon. Enquanto eu olhava para baixo, para as águas do Main, aquela massa negra e regurgitante, uma força que se esvaía para logo voltar para si mesma, de repente, tive a impressão de fazer parte de um rio sinistro que sempre segue seu curso, como se eu, justo eu, terminasse em um rodamoinho incontrolável. Segurei o gradil. "Não sou nada", pensei. A água devia estar cheia de seres invisíveis, com olhos, olhos hipnotizantes, que queriam me arrastar para baixo, mas que não conseguiriam fazê-lo. Eu estava me segurando no gradil.

De vez em quando eu os via, aqueles olhos; então, nada melhor do que procurar companhia para se distrair, mas eu ainda não conhecia ninguém em Frankfurt. Por isso, naquela noite, tentei dividir-me em duas pessoas enquanto caminhava lentamente, uma pessoa que se importava comigo e outra que precisava urgentemente que a acalmassem. Coloquei as mãos nos bolsos da parca de Ines, de onde tirei o cartão de visitas que Carol havia me dado, fiquei olhando fixamente para ele e memorizei o endereço da agência de publicidade. Em seguida, deixei-o voar ponte abaixo.

Pálida e elegante como uma flor de cera, lá estava ela, a recepcionista, lendo um livro fino.

— A senhora tem hora marcada? — quis saber, levantando os olhos de má vontade. — Os fotógrafos só vêm de vez em quando.

— Não — respondi, decepcionada.

Eu havia me despencado em vão para aquela mansão pintada de um lilás horrível, no extremo norte da cidade, e não só isso, como também havia arrumado o cabelo, passado batom e calçado sapatos de salto alto, ou seja, estava com o equipamento completo. Quem sabe minha aparência a sensibilizaria? Toda produzida e sem ter sequer uma horinha marcada. De qualquer forma, após me conceder um longo e melancólico olhar, aproximou o calendário, tornando visível uma ruga concentrada entre as sobrancelhas finas.

— Pode ser que ele venha hoje — murmurou ela. — Isso mesmo, aqui!

Antes de descobrir quando, fomos interrompidas por um jovem de óculos de lentes verdes em cima da cabeça que havia se plantado na minha frente. Pareceu-me conhecido, mas eu não me recordava de onde.

— Durante a sessão de fotos no domingo — lembrou ele e estendeu a mão.

Lembrei-me de relance da cena com a bicicleta. Mas é claro! O apressadinho. Agora, seu corpo esguio e comprido encontrava-se em um terno amarelo-claro, e uma gravata vermelha adornava o pescoço.

— Paul Flett — apresentou-se ele e, ao ver meu espanto, pois o nome da agência de publicidade era Flett & Partner, explicou: — Sou o Flett Júnior. Kai ainda não chegou, mas não deve demorar. Venha comigo, enquanto isso. Tchau, Doris!

Doris se despediu com um movimento da cabeça e olhou animada para a capa verde-capim do seu livro. Surpresa, fiquei estudando o rapaz. Naquele terno, com a barbicha e as manchas vermelhas no pescoço, ele parecia não ter mais de 15 anos, mas tinha tudo sob controle. Levou-me ao seu escritório, onde se jogou em uma cadeira atrás de uma escrivaninha enorme cheia de documentos. Atrás dele, havia cubas com grandes plantas ornamentais que pareciam sair de seus ombros agora que o rapaz tinha se acomodado. Nas paredes pintadas de azul-claro havia pôsteres com mulheres sorridentes de meias, carros esportivos e vidros de perfume. Diante de Flett Júnior estava um telefone cor de mostarda. Nesse ambiente, o pequeno Flett parecia um peixe venenoso e multicolorido, de formas esculturais, à vontade em seu habitat. Ele não conseguia ficar parado por muito tempo; primeiro, organizou a papelada à sua frente; depois, operou com habilidade uma máquina de café *espresso* parcialmente escondida entre as plantas. Aproveitei aquele curto momento de desatenção para ajeitar, com cuidado, uma pequena moldura que decorava a escrivaninha, na esperança de dar uma olhadela no semblante sorridente da namorada de Flett Júnior, mas me enganei. A antiga foto em preto e branco mostrava a rua com a mansão como era no passado; as árvores ainda bem menores, na rua se viam carros antigos, a casa ainda sem a pintura chamativa. Flett Júnior, que aparentemente tinha olhos nas costas, disse:

— Meu pai mandou pintá-la de lilás. Assim, ele sempre pode dizer que é a única casa lilás nas redondezas, não tem como errar.

Respondi que aquilo soava muito prático e pensei que os dois deviam ser bem parecidos. Ele empurrou a xícara de *espresso* na minha direção.

— Foi seu pai quem fundou a agência? — perguntei. Iniciamos uma conversa formal.

— O *espresso* lhe faz bem — comentou.

Obediente, tomei mais um. Cada vez mais conseguia ver Flett Júnior na posição de chefia.

Ele indicou uma pilha de papéis sobre a escrivaninha, unidos com clipes.

— Uma enquete sobre romantismo e consumo — explicou ele. — Resultados surpreendentes. Cinquenta pessoas, dos mais variados tipos foram entrevistadas, da atendente de consultório ao professor de matemática, que deram as mais diversas respostas à pergunta: "Como você costuma ou gostaria de passar os momentos românticos?" Todas as respostas tinham a ver com consumo. Não é curioso?

Um olhar penetrante invadiu meus olhos. Ele parecia desconcertado.

— Todos acreditam — continuou ele — que o amor é uma das poucas coisas na vida que nada tem a ver com dinheiro, mas isso não é verdade, não mesmo. — O jovem Flett sacudiu a cabeça. — Afinal, o que essas pessoas responderam quando perguntamos como elas imaginavam esses momentos românticos? Bom, elas listaram ir a um restaurante, fazer um jantar em casa, beber um espumante diante da lareira, passear no Central Park, andar de canoa, viajar para o México, passear na praia.

— E daí? — exclamei.

— Bem, todas essas atividades, bem ou mal, têm a ver com o consumo. Se fôssemos dividi-las, elas formariam poucas categorias principais, como, por exemplo: a gastronômica, ou seja, comprar e preparar comida em casa ou ir a um restaurante; a cultural, como ir ao cinema, assistir a uma ópera ou a um evento esportivo; ou a turística, passar um tempo em um balneário ou viajar para o exterior.

O jovem Flett soou cada vez mais resignado e, enquanto falava, fui repassando situações que eu mesma considerava românticas.

— Dormir com alguém! — concluí, triunfante. — Dormir com alguém não se encaixa em nenhuma dessas categorias. Verdade! Foi um momento de glória para mim. Mas durou pouco.

— E antes disso? — perguntou Flett Júnior com sua voz pesarosa. — Vocês não se deliciam com uma taça de espumante? Ou você veste uma lingerie bem sedutora?

— Tudo bem... — concordei.

Passamos um tempo em silêncio, impressionados com os resultados da enquete sobre romantismo e consumo.

Depois da terceira xícara de *espresso*, o jovem Flett apanhou uma pasta, balançou-a enigmaticamente nas mãos, e perguntou, aproveitando o embalo da conversa, se eu estava disposta a fazer um pequeno teste. Aceitei, entusiasmada. Ele havia conquistado a minha confiança. Abriu a pasta. Vi uma propaganda comum hoje em dia. Mostrava um casal lindo e apaixonado, sentado em um elegante sofá, numa bela sala, em meio à ligeira penumbra reforçada por uma fraca iluminação, observando sorridente — sim... observando o quê? Na mesa de centro diante deles se encontrava um ponto de luz branco e ofuscante, do tamanho de um punho cerrado; era possível concluir que havia caído um ácido corrosivo naquele lugar da foto.

— Posso? — perguntei.

Cheguei mais perto, passei o dedo no papel. Parecia de propósito.

— O que você acha que poderia estar aí nesse foco de luz? — quis saber Flett Júnior. — Qual a primeira coisa em que você pensa?

— Uma tábua de queijos — respondi.

— Interessante — concluiu o jovem Flett. — Comida. Sabe o que uma mulher, um pouco mais velha que você, disse? "Uma aliança", foi o que ela disse. E a irmã dela viu ali uma garrafa de conhaque com dois copos.

— Hum — murmurei, sentindo-me flagrada. — Estou vendo aonde pretende chegar.

Ele confirmou.

— Obsessões do dia a dia — explicou ele, enfatizando cada sílaba.

Depois, caiu na gargalhada. Uma gargalhada diabólica, até mesmo desvairada, de outro mundo; por sorte interrompida pelo toque de seu celular.

— Com licença — desculpou-se e saiu.

Acompanhei-o, estarrecida.

Levantei e comecei a dar a volta na sala quando vi Kai na porta, carregado de bolsas, câmeras e equipamentos.

— Você por aqui? Que surpresa!

Ele começou a tirar as câmeras, se contorcendo como um artista de circo. Disse que o jovem Flett havia me recebido e conseguira me entreter muito bem até ele chegar. Logo, abordei o assunto que motivara minha visita. Disse que não queria que Ines viesse morar comigo, mas que me dispunha a encontrar com ela de vez em quando.

— Se você acha que fará bem para ela — acrescentei.

Ele abaixou a cabeça e afastou uma das câmeras sobre a mesa, enquanto agradecia com frases feitas e vazias. Parecia decepcionado, e achei que não tinha direito de se sentir assim. Quem sabe só estivesse cansado. O telefone cor de mostarda começou a tocar e, enquanto ainda tocava, saí da sala. Queria me despedir de Flett Júnior, mas ele havia desaparecido sem deixar rastro. Aquela mansão estava fantasmagoricamente vazia, tanto que fiquei feliz ao ouvir a voz clara e fina de Doris, na recepção, respondendo ao telefone. O livro estava fechado diante dela. Um grande marcador se projetava dele. Vi o título — *O sonho no corpo ao lado, Poemas* — e o nome de uma autora desconhecida que parecia ser árabe. Antes de fechar a porta atrás de mim, ainda ouvi quando ela perguntou:

— Quer marcar hora?

Ela disse isso, novamente, com a maior naturalidade. Como se fizesse parte de seu corpo, natural como um pigarro.

Em casa de novo, fiquei andando de um lado para outro, com os saltos altos batucando no assoalho. O telefone tocou, ouvi a voz de Susan e atendi.

— Alô! — disse.

— Alô?

Do outro lado, era silêncio, mas não desligaram, nem eu. Dava para ouvir alguém respirar e fiquei escutando, ouvi o clique de um isqueiro e alguém inalando profundamente. Entre nós, um silêncio longo e descontraído, até que um de nós interrompeu a ligação, difícil dizer quem, devemos ter desligado quase ao mesmo tempo, pensei ter ouvido um clique no momento em que pressionei a pequena tecla preta. Depois da conversa, se quisermos chamá-la assim, continuei a perambular pelo apartamento. Cozinha, corredor, escritório, sala. Claque, claque, claque. Sentia-me bem mais relaxada. Olhei pela janela, mas só consegui ver o contorno do meu rosto, uma mancha de luz branca. Sentei à escrivaninha. A mancha clara escorregou para baixo.

Liguei para Ines. Ela parecia nervosa ao telefone, enfatizou várias vezes que estava feliz e eu, por minha vez, também tentei simular essa emoção, de tal forma que, de ambos os lados, não sobrava espaço para alegria verdadeira. Despedimo-nos apressadamente.

Examinei atentamente as palavras de Ines em pensamento como quem tenta, com uma vara, descobrir se há água sob o solo; nenhuma menção de que Kai a acompanharia, e por que viria? Um bar, como foi que ela dissera mesmo? Como se chamava mesmo o bar? Esqueci. O que eu ia vestir? Abri meu armário cheio de roupas. Sentia-me mal e animada ao mesmo tempo, como sempre acontece quando me apaixono pelo homem errado. Em Roma, fiquei até casada com um durante dois anos. Pronto, chega de detalhes íntimos.

No Peek & Kloppenburg subi pela escada rolante até o último andar, para o departamento de alta-costura. Ali, procurava-se alcançar a elegância a todo custo: em uma área generosamente subdividida em sessões, nos conjuntos estofados para descansar entre as compras e nas plantas decorativas. Não obstante, por toda parte eram vistos os mesmos manequins excessivamente altos que também exibiam seus rostos de plástico, longilíneos e malévolos, nos demais departamentos daquela loja. Não havia muita gente. Além de mim, só duas mulheres com uma garotinha engatinhando entre elas. Não consegui distinguir quem era a mãe; as duas, evidentemente amigas, não se incomodavam com a criança, de tão entretidas que estavam em mostrar uma à outra essa ou aquela peça de roupa. As três vendedoras de uniforme azul-escuro não olhavam nem para as mulheres nem para a criança, e nem para mim, mas sim conversavam animadamente entre si. Pendurei uma blusinha verde-ervilha e uma saia verde-escura sobre o braço, embora o manequim sugerisse combinar o verde-ervilha com amarelo. Perdida em pensamentos, continuei meu caminho; aqui e ali, pegava de uma e outra arara um cabide com uma peça de roupa que me agradava e a levantava para vê-la melhor, e, durante as minhas andanças, ouvi um gritinho baixo e alegre vindo do assoalho. Lá estava a menina, escondida embaixo dos vestidos longos, tendo no colo uma blusa cintilante, evidentemente puxada de um cabide com o propósito de arrancar seus paetês, dos quais já havia conseguido formar um montinho diante de si. Ela inflou as bochechas se assemelhando àqueles anjinhos de quadros renascentistas e sorriu para mim. Incentivei-a com um aceno.

A saia verde coube. Avaliei se não era curta demais, uma vez que era realmente bem curta, mas, também, muito elegante. Decidi levá-la, tirei-a e abri a cortina do provador. A garotinha acabava de sair do esconderijo; com passos bambos e as mãos cheias de paetês, cambaleou na direção das mulheres, que olharam assustadas em volta; embora a irritação delas fosse muda, irradiava; as três vendedoras que ainda há pouco estavam entediadas em um canto se apressaram para lá formando uma fila tão perfeita quanto a das Três Parcas. Uma das mulheres começou a ralhar com a menina, enquanto a outra se curvava para recolher os paetês, uma cena que deixava claro quem era a mãe. Surpreenderam-me o rosto tranquilo e o olhar quase aprovador da amiga da mãe enquanto recolhia os paetês, como se ela própria tivesse tido vontade de estragar aquela blusa. Ela levantou a menina, puxou-a para perto e sussurrou algo no seu ouvido. A mãe se afastou com as vendedoras, escreveu algo, e, em seguida, a blusa danificada foi colocada em uma sacola. A garotinha, ainda nos braços da amiga, já tinha parado de chorar e desfrutava o fato de ser o centro das atenções.

Quando saí da loja, a rua estava cheia de gente, e no céu não havia mais aquela quantidade de nuvens manchadas. Pouco adiante, na direção do Römerberg, padarias e restaurantes se enfileiravam. O movimento da hora do almoço começava nas lanchonetes. Andei mais devagar; em breve, também eu iria almoçar. Mas não agora, ainda não estava com tanta fome assim. De repente, ouvi um grito que se tornava cada vez mais alto e estridente, e, pela porta da cozinha de um restaurante italiano, saiu um homem de branco, com chapéu de cozinheiro, apertando uma das mãos contra o corpo, onde seu avental começava a ficar manchado de sangue. Da porta dos fundos saíram mais dois cozinheiros ou ajudantes de cozinha atrás dele, querendo acalmá-lo ou ver o ferimento, mas ele não deixava, roçando as costas na parede, para cima e para baixo, e gritando como um animal. Ele devia ter se machucado muito com uma faca ou prendido a mão em algum aparelho de cozinha. Comecei a passar mal só de imaginar. Antes de se formar um paredão humano à sua volta, consegui ver que seu avental tinha se encharcado de sangue. Os gritos silenciaram; ele devia ter desmaiado. Pouco depois ouvi a sirene de uma ambulância e, em seguida, vi o carro tentando abrir caminho por entre os pedestres e subir a movimentada Römerberg. Senti alívio. Em casa, vesti minha roupa nova e deitei com ela no sofá para ler.

O nome do bar para o qual Ines me levou era Orion, embora dar-lhe o nome da constelação fosse totalmente inadequado, já que os proprietários chegavam a ser avaros no quesito iluminação. Eram só 20h, mas também poderia ter sido meia-noite; o tempo ali era inexistente. Os poucos clientes, àquela hora, estavam sentados no balcão, como sombras altas e escuras.

— Atrás, há uma pequena pista de dança — mencionou Ines enquanto se sentava. Ela pediu uísque, servido com educado desinteresse pelo garçom. — Vamos brindar — sugeriu. Seu entusiasmo singular me surpreendeu, mas, por mim, tudo bem; eu tinha acabado de chegar da redação e estava cansada, uma bebida cairia bem. Ines terminou o uísque em dois goles, cheia de satisfação, e disse:

— Está ouvindo? Estão tocando Björk, tenho que ir dançar!

Sem pestanejar, dirigiu-se para a pista vazia, posicionando-se instintivamente onde as linhas de pensamento do salão se cruzavam, como se essa cena tivesse sido pintada ao seu redor em perspectiva; achei espantoso o fato de não se incomodar de dançar em uma pista vazia, onde todos podiam encará-la, mas assim era ela, minha irmã mais velha, sempre o centro das atenções. Lentamente, ela se movimentava de acordo com a música. É difícil dançar ao som de Björk, mas não para ela, que se movimentava dentro de uma bolha invisível. Duas outras mulheres, seguindo o exemplo de Ines, também se levantaram, mas nenhuma teve coragem de invadir o círculo à sua volta; elas permaneceram na periferia. O rosto de Ines era superficial e inexpressivo. Entre as músicas, ela permanecia inerte, não fazia o menor movimento, como se fosse um robô cuja energia tivesse sido cortada, um manequim de vitrine, e me convenci de que ela não estava dançando para as pessoas que a observavam ou para alguém em quem estivesse pensando. Na verdade, não estava nem pensando; por dentro, Ines estava completamente vazia e se movimentava apenas para si, em seu próprio espaço abstrato, criado por seus passos e pelo alcance de sua respiração. Por isso mesmo dava tanto prazer observá-la. Lembrei que houve uma vez em que eu também dançara assim, tão à vontade. Uma única vez, só uma, e aquela também ficou sendo a única vez em que usei drogas. Foi tarde da noite, em uma discoteca superlotada em Trasteveri, na época da faculdade; eu tinha saído com um grupo de colegas de todas as áreas, havia alguns da faculdade de medicina e um deles, Enrico, ou Pedro, ou Fabio, me dera de presente algumas pílulas. O fato de ele ser estudante de medicina me deixara despreocupada a ponto de eu as tomar. Não demorou muito e algo mudou na minha capacidade de percepção. Primeiro, o barulho da música e a dança torta, bamba e arrítmica das pessoas deixou de me enervar e, muito pelo contrário, comecei até a pegar gosto por aquilo. Cheguei a balançar a cabeça no ritmo da batida. Lembro-me de ter pegado o copo do balcão e começado a passear pelo local. Foi quando percebi uma lufada de ar, uma corrente de vento, olhei em volta e comecei a sorrir em todas as direções, sem qualquer motivo consciente, e aquele sorriso doía, como se, naquele meio-tempo, os nervos para tal tivessem sido cortados no exato lugar onde começava o invólucro morto e sereno do meu cérebro. Logo depois, aquele ambiente mudou; primeiro, aos poucos, nas extremidades; em seguida, cada vez mais rápido. Algumas luzes voavam sobre a pista de dança, aumentavam de tamanho e se tornavam intensas a ponto de causar um ofuscamento doloroso; a cor mudou para o esverdeado, mas as bordas iam se dissipando, e tudo começou a ficar mais claro... mais claro... mais claro; fui arrastada pela luz, impelida para os que dançavam, obrigada a me movimentar no ritmo da massa e a me perder naquele movimento. Assim que alcancei a pista, tudo já brilhava e se tornara infinito; a sensação que eu tinha se assemelhava à ideia de que eu acreditava em Deus. Ouro, soube naquele instante, ouro significava a carne dos deuses; diante Dele, a humanidade se contorce na terra, como vermes rastejantes, querendo Lhe pedir dádivas com seus movimentos. Eu não podia parar de mover meus pés, pois havia daqueles besouros pequenos, cujo nome não me lembro, espalhados por todo canto. "O nome?", "O nome?", reverberava no meu ouvido, quando, de repente, alguém respondeu: "Escaravelho." Os besouros rolavam excremento até formarem esferas perfeitas, das quais surgiam, como se fosse do nada, os ovos.

— Minha mãe conseguia trançar meu cabelo com uma rapidez impressionante — confidenciou uma mulher com aparência solitária, postada diante de mim.

— Posso pegar sua mão? — pediu um homem quando a mulher já tinha me deixado, mas percebi que o que ele queria mesmo era arrancar meus olhos, e fugi dançando.

Do lado de fora, o vento batia à porta, desejando entrar acompanhado do relâmpago, espalhando um odor que sobrepujava todos os demais, o odor fresco de campos de trigo. Todos cantavam: "Ouçam! Os anjos mensageiros estão cantando!" De todo lado vinha o zunido dos besouros, era como se crianças gritassem; percebi que a baba não escorria só pelo queixo dos outros, mas também pelo meu; meu peito subia e descia com rapidez e eu não tinha mais certeza se tinha sido acordada do transe pelo som da minha própria gargalhada ou se havia sido sacudida por alguém que não parava de perguntar: "Oi, você, está me ouvindo?"

— E então, absorta em pensamentos? — perguntou, de repente, a ruiva que havia parado ao meu lado fazia uns três minutos. Ela se sentara ali feito uma rocha, silenciosa, com seus longos cabelos escorrendo pelas costas. — Eu conheço você — disse, tirando uma mecha do rosto. — Vi você durante a sessão de fotos.

Fitei-a durante alguns instantes. Não sabia bem o que ela queria dizer, que motivo tinha para quebrar as regras daquele local.

— Que sessão? — perguntei.

— A da campanha das "Testemunhas do Tempo". Levei você até o estúdio.

— Isso mesmo. E daí? — quis saber, cética. Eu não via razão para dar continuidade àquele relacionamento, mas minha rejeição não parecia incomodá-la.

— É engraçado... — disse, bem-humorada, balançando o copo até os cubos de gelo tilintarem.

Ela me enervava, e pensei em levantar e ir à pista de dança, mas mudei logo de ideia. Decidi ignorá-la. Curvei-me sobre o copo e comecei a fitar a superfície do líquido, como se pretendesse mergulhar nele.

— Aliás, me chamo Carol, caso tenha se esquecido. Olha só a Ines dançando, ela não é uma gracinha?

Ela começou a se aproximar de mim, chegou tão perto que senti de novo o cheiro do seu perfume, um daqueles florais horríveis que talvez me fizesse rir se estivesse com um humor melhor.

— Carol, não sei do que você está falando, Ines tem namorado e eu também não sou lésbica. Para com isso!

— Parar com o quê? — Carol ficou me encarando com seus olhos escuros. — E, mesmo que Ines tenha um namorado, eu já fiquei com ela. Não durou muito, mas foi o bastante para ela cortar meu coração. Sua irmã...

E, como que para comprovar seus sentimentos ardentes, uma brasa de seu cigarro caiu, deixando uma mancha queimada sobre a fórmica do balcão.

— Já faz quase um ano, mas nunca mais consegui me recuperar. O que mais dói é ela afirmar que não se lembra de nada.

— Quem sabe ela não se lembre porque não aconteceu mesmo? — respondi. — E mesmo que tenha acontecido, o que você quer com ela?

Carol suspirou.

— Nada, não quero nada. Só poder admirá-la enquanto está dançando; ali está ela, dançando como ninguém. E também a levo para casa de vez em quando.

Estranhei a última observação. Estranhei a ponto de querer saber mais.

— Você faz o quê? — perguntei.

Carol fez uma expressão petulante.

— Pelo visto, você não sabe de nada. Há coisas que Ines não lembra mesmo.

De repente, tive um acesso de riso. Esta conversa era absurda demais, mas, ao olhar para a pista de dança, percebi que Ines havia desaparecido; apenas as duas moças continuavam dançando na borda, o centro da pista estava vazio, de uma forma que chegava a ser gritante, pois ninguém se aventurava no círculo de luz, como se a luz ainda pertencesse à Ines. Comecei a procurá-la, não tinha ideia de onde podia ter ido. Passei a ter raiva de Carol; a culpa era dela. Perguntei, enervada, se ela havia visto Ines ir embora. Carol olhou em volta, se fazendo de importante.

— Não, ela não foi embora — respondeu. — Está ali atrás, bebendo com aquele cara. Tenho bom faro quando se trata de Ines, sempre acabo encontrando ela.

Aquele pensamento a deixava alegre como um cientista que percebe que é realmente bom na sua área, melhor do que todos os outros.

— Como assim, "com um cara"? Kai chegou? — indaguei, erguendo a cabeça.

Ines se encontrava ao lado de um tipo vivido, que tanto podia ter 20 quanto 40 anos. Quando ela me viu, acenou e veio na minha direção, com um copo cheio de uísque até a borda.

— Deixei que me oferecessem uma bebida — explicou sem muita clareza. — Que surpresa, Carol! — exclamou ao reconhecê-la.

Olhei para ela. Do jeito que ela pronunciou "Carol", parecia estar com raiva. Ela própria percebeu e procurou se recompor.

— Ca-rol, esta é minha irmã. Ela teve um dia péssimo na redação. Estamos nos divertindo um pouco e... sim, também já estou um pouco bêbada...

Ela perdera o fio da meada, porém mais um gole a ajudou.

— ... só um pouco — repetiu, olhando para a pista de dança com cara triste. — Tem gente nova demais dançando ali...

Ines exalou uma nuvem com alto teor alcoólico e, instintivamente, virei o rosto. Embora fosse inútil, eu a corrigi:

— Não tive um dia péssimo na redação. Foi um dia normal.

— Ah, é? — exclamou Carol, divertindo-se às minhas custas.

— Talvez fosse melhor ir para casa — sugeri.

— Isso mesmo, para casa! — repetiu Ines, subindo com dificuldade no banco, onde acabou sentando depois de balançar um pouco. Em seguida, tirou do bolso um belo frasco de bebida enquanto admitia haver perdido todo e qualquer pudor.

Vi seu celular piscando na bolsa.

— Você não tinha dito que Kai também vinha? Ele poderia nos dar uma carona. Liga para ele, vai? — pedi.

— É mesmo — concordou ela, pressionando duas teclas.

— Alô? — gritou. Em seguida, continuou, em um tom mais baixo. — Isso mesmo, você já sabe... no Orion. — Depois, ficou em silêncio durante algum tempo. Virou para mim, murmurou que ele queria falar comigo e estendeu o celular.

— Comigo? — perguntei, espantada, e peguei o aparelho com os dedos tremendo.

Não deixava de reparar como Carol observava tudo com grande interesse.

— É você? — quis saber Kai. Ele falava com um tom sério e contido, mas sua voz me soava tão íntima que chegou a me assustar a ponto de eu responder com voz insegura que era eu mesma e que estava ali com Ines.

Ignorei Carol. De qualquer forma, ela se achava importante o suficiente por conta própria. Com olhos brilhantes, continuava ali, sempre passando a mão pelas madeixas ruivas. Tudo aquilo devia excitá-la ao extremo, como se estivesse assistindo a um filme. Dei um passo ao lado com o celular na mão, enterrei o pequeno aparelho no cabelo, protegi minha cabeça curvando-a bastante, e fiz de tudo para me iludir de que estava sozinha. Abafei a voz como teria feito se assim estivesse realmente e perguntei:

— Kai, está me ouvindo? Infelizmente, a noite já chegou ao fim. — Tentei dar um toque divertido à voz; de repente, percebi como estava cansada, a ponto de desmoronar.

— Ela está muito bêbada? — perguntou. — Quero dizer, ela ainda consegue andar? É que não estou com muita vontade de bancar o motorista de novo. Um colega meu está visitando minha casa, ele está no quarto ao lado e, além disso, ainda tenho que revelar alguns filmes para amanhã. Na verdade, estou bastante ocupado... Não dá para você dirigir?

Expliquei que não sabia onde Ines havia estacionado o carro e que provavelmente também não conseguiria achar o caminho para casa, mas que poderíamos pegar um táxi. A conversa parecia ter chegado ao fim. Por mim, tudo bem. De repente, comecei a bocejar, é isso mesmo, tive um acesso de bocejos. Mas Kai tinha começado a falar e parecia não querer mais parar. Ele lamentava muito, sentia-se culpado porque minha noite tinha sido arruinada, e disse que Ines só deveria ligar para ele amanhã.

— Meu Deus! — desabafou ele. — Não aguento mais esses telefonemas de bêbado, estou farto disso!

Paralelamente ao meu solo de bocejos, ele improvisava um monólogo agressivo.

— Entendo — concordei, reservada, ainda bocejando um pouco, mas ele não queria saber de parar.

— Tudo bem, vou terminar o que estou fazendo e depois dou uma passadinha na casa da Ines. Você pode ficar com ela mais um pouco, por favor? Só vou me despedir do meu colega e... É mesmo, faça com que ela beba bastante água. Meu Deus! Parece até que sou um assistente social de verdade. E, caso você esteja interessada em saber, não, não é a primeira vez que isso acontece.

Quando a conversa finalmente chegou ao fim, avisei que pegaríamos um táxi.

— Por que ele não quer vir? — perguntou Ines, chorosa.

Tirei uma nota de 50 e outra de 20 euros da carteira e constatei que eram tudo o que tinha. Ines havia bebido bastante, e o local não era dos mais baratos.

— Só que, agora, não tenho mais dinheiro — confessei envergonhada. — Vamos ter que parar em um caixa eletrônico.

Claro, essa foi a deixa para Carol. Ela elevou sua silhueta de Tintoretto do banco e anunciou:

— Eu dou uma carona para vocês.

Olhava para Ines como se quisesse comê-la com os olhos. Cheguei a pensar que era um milagre não termos apenas meia Ines diante de nós. Foi então que percebi que estava com ciúmes; impensável, o ser humano é muito idiota mesmo, e eu não era nenhuma exceção.

Ines tinha insistido em terminar o uísque e só então concordara em ir, o que, no seu caso, significava atravessar em ziguezague o salão exatamente pelo centro, cruzando a pista de dança de novo. Murmurei comigo mesma:

— Será que não dava para ser um pouco mais discreta?

Vi o acompanhante anterior de Ines rindo, o que me entristeceu e enraiveceu ao mesmo tempo, porque ele parecia conhecê-la bem ou, pelo menos, conhecia seu problema. Carol, que continuava se achando a tal, disse:

— Vamos, vamos! Deixa para lá! Contanto que ela não vomite no meu carro. Você se senta com ela atrás e, por favor, me avise se algo chamar sua atenção.

Sibilei que estava de acordo; realmente, do jeito que ela havia dito aquilo, parecia que estava se divertindo com a situação ou, quem sabe, eu estava sendo injusta e, na verdade, ela estava era feliz por ter a companhia de Ines de novo. O ar gélido do lado de fora me bateu no rosto, senti o nariz e os lábios gelados e o frio subindo pelo corpo. Carol dirigia um carro esporte da cor de sangue de boi, com assentos cor de telha, que parecia novinho em folha. Sentei Ines com dificuldade no apertado assento traseiro ao meu lado, e ela encostou de imediato a cabeça no meu ombro. Dela vinha um bafo azedo de álcool, que, junto com o cheiro dos assentos de couro, fazia com que eu me sentisse, dentro daquele carro, no qual Carol ainda por cima havia ligado o aquecimento, como se estivesse no interior de um animal imenso, um monstro, que digeria primeiro minha irmã e logo também passaria a me digerir. Carol olhou pelo retrovisor e viu meu olhar enojado.

— Você não está muito acostumada a levá-la para casa, não é mesmo? — observou ela.

— Não — respondi, cansada. — Fazia alguns anos que não nos víamos. Não sabia que ela havia mudado, digamos, dessa forma.

Carol riu.

— Que forma original de colocar as coisas — disse, avaliando-me pelo espelho. — Pois é — continuou ao pararmos no sinal vermelho de um cruzamento bastante iluminado —, eu nunca pensei que me envolveria com uma alcoólatra, não. Isso é um erro, elas são como borboletas, que sempre batem de novo contra a mesma janela, nunca aprendem, mas o que fazer? Assim é o amor.

O interior do carro foi inundado pela luz âmbar do cruzamento, não havia outro carro à vista, nesse meio-tempo, a cabeça de Ines acabara chegando ao meu colo, sua pele brilhava, rosada, o cabelo, avermelhado, parecia de uma extraterrestre. Carol teria gostado de vê-la assim e, de fato, nossa motorista procurava desesperadamente o rosto de minha irmã pelo espelho retrovisor, mas acabou desistindo quando percebeu minha expressão imitando o rosto apaixonado dela.

— Tenho a impressão de que você interpreta a palavra *amor* de forma errada — arrisquei. — Amor é algo que existe dos dois lados. Do jeito que você vê, na melhor das hipóteses, é imaginação; na pior, obsessão.

Fiquei fitando suas costas fortes na jaqueta jeans forrada, vi como deu de ombros, inclinou-se quase imperceptivelmente para o lado e fez uma curva fechada para a esquerda, como um piloto de corridas.

Pouco depois, chegamos. Carol quis nos acompanhar, mas recusei, antes de agradecer, educadamente, pela carona e de descer do carro, enquanto puxava, com extrema dificuldade, Ines para fora. Carol não ficou zangada, tinha perdido esta batalha, mas não a guerra. O que lhe restara era uma infinidade, a sua função, uma ideia fixa. Alexandre, o Grande havia chorado quando não tinha mais o que conquistar. Carol não precisava disso.

— Até breve! — despediu-se, radiante.

Mal o carro havia desaparecido, pensei, *Droga, uma ajudinha bem que teria vindo a calhar!* Ines torcera o tornozelo e se sentara no meio-fio. Abri os braços e puxei o pacote fedendo a álcool para que não caísse de vez no chão.

— Sinto muito — desculpou-se Ines, chorosa.

— Não precisa, vamos fazer um sinal e chamar Carol de volta — falei.

Falava com ela como se fosse uma criança, e Ines realmente começou a fazer um sinal para a rua deserta, ao mesmo tempo que lágrimas encheram seus olhos.

— Carol, tão querida! — balbuciava. — Carol, tão querida! Eu a amo!

Mais ela não queria dizer, principalmente quando perguntei onde guardava a chave de casa. Como não recebi resposta, comecei a vasculhar sua bolsa. Depois, os bolsos do casaco de couro. Eu esperava que ninguém aparecesse na rua e notasse o jeito curioso como a apalpava. Empurrei Ines apartamento adentro. Era menor do que o meu e friamente mobiliado. Fiquei surpresa, pois os móveis estavam ali como se fossem tímidos conhecidos; no meio da sala havia uma cadeira solitária; o sofá se encontrava a um metro de distância da parede, como se alguém tivesse procurado algo atrás dele e não o tivesse colocado de volta. Ines desmoronou no estofado. Ela murmurou algo parecido com estar passando mal. *Água*, pensei, lembrando o que Kai havia dito, e fui para a cozinha. Encontrei uma bateria de garrafas vazias, rum, uísque de todo tipo; abri a geladeira, onde um limão solitário e fresco sorria para mim. *Isso não pode ser tudo*, pensei, e fui procurar no congelador, e, claro, uma garrafa de vodca quase rolou para os meus braços.

Quando voltei com o copo de água, Ines havia se levantado; insegura, vinha na minha direção. Fui correndo ao seu encontro como uma enfermeira.

— Ines! Ines! — gritei. Queria saber com que regularidade isso acontecia, obviamente uma pergunta inútil agora. — Aqui, beba! — limitei-me a dizer. Obediente, ela tomou um gole.

— Mais, isso mesmo, água é bom contra o enjoo.

Forcei-a a tomar um segundo copo, depois do qual ela se deitou novamente no sofá.

— Está melhor, Ines?

Mas ela já tinha adormecido; roncava baixinho como um camundongo em um desenho animado. Um alívio estranho, quase satisfeito, tomou conta de mim quando sentei, exausta, na poltrona ao lado. Por um momento, era como se eu tivesse assumido aquilo como minha obrigação, colocar Ines na cama, como se aquilo já estivesse agendado há tempos. Levantei e fui buscar um copo de água para mim também. Dessa vez não acendi a luz da cozinha. Devagar, conscientizei-me de que havia uma obra aqui, não do lado de fora, mas no meio da sala; a vida de Ines estava mais esburacada e caótica do que qualquer rua. Voltei para perto dela e fiquei escutando sua respiração. Manchas vermelhas desfiguravam seu rosto, como se ela fosse alérgica a algum ingrediente das bebidas que tomava ou, talvez, à sua própria existência. Ela parecia mais vulnerável e suscetível do que nunca e, sentada ao seu lado, eu tentava colocar meus sentimentos em ordem. Há pouco havia me sentido importante, como uma salvadora imprescindível, mas essa sensação desapareceu, deixando apenas um vazio. Embora estivesse acordada e sóbria, e não tivesse o rosto coberto de manchas vermelhas, tive a impressão de estar me olhando no espelho.

— Então, era este o seu segredo — sussurrei. — Era isso que você queria me contar e, ao mesmo tempo, esconder de mim. Droga!

Devo ter adormecido, porque estremeci ao ouvir a campainha, e Ines também levou um susto. Seu olhar vagou sem rumo pela sala durante alguns segundos, encontrou-me, e seu rosto se cobriu de irritação. Pensei, como uma babá zangada, quem teria tido a ousadia de incomodar seu sono? Foi então que me lembrei de Kai e fui até a porta. Passei rapidamente os dedos pelo cabelo e alisei a saia, só então me senti preparada para abrir a porta. Ali estava ele, em um sobretudo preto, aberto e todo descabelado, como um anjo vingador.

— Onde ela está?

Antes mesmo de poder dizer que estava no sofá, ele passou por mim e a encontrou. Mal olhou para ela.

— É melhor levarmos Ines para a cama e trocarmos sua roupa — disse apenas.

E, uma vez que ele havia dito "levarmos", minha ajuda era esperada. Portanto, segui-o quando Kai a carregou para o quarto, onde passou a falar com tom de comando.

— Apanhe, por favor, algumas toalhas no banheiro. Vamos cobrir o travesseiro, só para prevenir.

Obedeci. Não, aquela não era a primeira vez que ele passava por isso. Suas ações demonstravam experiência. Segurando-a, tirou o suéter pela cabeça; depois, enrolou a meia-calça até os pés; tudo muito rápido, eficiente. Eu ajudava apoiando o corpo de Ines e, de repente, me impressionei com seu peso; antes, no carro, ela havia me parecido tão leve; agora, emaranhada na roupa de baixo, Ines não dava mais aquela impressão etérea, mas sim sensual, como um animal insinuante e pesado. Olhei de esguelha para Kai — aquela impotência de Ines devia deixá-lo excitado. Mas não, mais parecia frustrado. Tirou sua roupa rudemente, como se fosse uma boneca que não sentisse nada. Logo ela só estava de calcinha e sutiã. Perguntei-me se ele ia parar, mas não parou; constrangida, desviei o olhar quando seus mamilos ficaram à mostra; apesar de não querer, acabei comparando o formato de seus seios com os meus; de suas pernas com as minhas. Pronto. E, como um casal após colocar o bebê problemático para dormir, ficamos ao lado da cama de Ines, olhando para ela. Observei a expressão singular que, de repente, havia em seu rosto. Como chegara lá? Devia ter sido enquanto era despida. Não conseguia interpretar aquele trejeito estranho. Olhei para minha irmã como se olha para um inseto sob uma lupa. Afinal, o que era aquilo? Então percebi que a expressão era de satisfação, como se ela estivesse muito feliz consigo mesma e com sua derrota; tive a impressão de que em breve reencontraria a Ines do passado: imprevisível e caprichosa, temperamental, estafante, incomparável. Amada por todos. Kai se virou e também eu quis me libertar de Ines. Foi quando ela abriu os olhos subitamente.

— Muito obrigada por tudo — sussurrou, quase inaudível.

Kai não disse nada.

— Tudo bem! Descanse! — respondi, baixinho.

Aquilo pareceu bastar, pois ela fechou os olhos, obediente.

— Você não devia ser tão boazinha com ela — ralhou Kai, quando entramos na sala.

Fitei-o surpresa porque a situação parecia ter se invertido. Ele sentou no sofá, onde o corpo de Ines ainda estava impresso, mas, mal havia se sentado e se levantou de novo.

— Mil perdões! Ainda estou descontando em você, mas o que eu queria mesmo era lhe agradecer.

— O que isso! Imagine! É natural! — balbuciei.

Tentei conferir um tom de normalidade à voz, como se todas as noites levasse pelo menos dez irmãs bêbadas para casa, enquanto, ao mesmo tempo, embora inconscientemente, começava a perceber a dimensão da catástrofe, mais pelo comportamento de Kai e de Carol que pelo de Ines. Kai sentou perto de mim e sua proximidade me desconcertava. A repentina cumplicidade me deixava insegura, o que me fez cruzar as mãos no colo, sem graça, e levantar para colocá-las nos bolsos da calça, uma, duas vezes, até perceber que estava vestindo minha saia nova, que não tinha bolsos.

— Ela está doente — afirmou ele e, depois, como se desse continuidade ao pensamento... — Gostaria de beber alguma coisa, mas não deve ter mais nada em casa.

— Ainda tem um pouco de vodca no congelador — revelei, como se fosse a dona da casa. — Posso lhe trazer uma.

E, como ele não se manifestasse — não concordou nem recusou —, fui para a cozinha. Assim que peguei a garrafa, a palma da minha mão congelou, deixando impressões digitais no vidro embaçado. Servi uma dose generosa, pelo menos para ele. A bebida não o acalmou. Ele parecia um leão enjaulado andando de um lado para outro da sala.

— Sabe, não vou aguentar isso por muito mais tempo. No início, ainda acreditava nas desculpas dela, porque um ou dois copos de vinho a deixavam completamente bêbada. Ela dizia não ter comido nada o dia inteiro ou que tinha acabado de passar duas horas na academia e, por isso, o álcool agia tão depressa. De repente, percebi que ela simplesmente já tinha bebido antes de chegar para jantar comigo. Mas comida é o que menos lhe interessa, ela não come praticamente nada, nós nos sentávamos era para beber mesmo. — Ele fez uma pausa e começou a relembrar. — Chega uma hora em que ela se transforma, seu cérebro desliga e o que se sobrepõe é um único sentimento horrível. Não sei prever o que vai ser — ira, agressividade ou autopiedade —, uma vez que não tem nada a ver com tudo que acabou de acontecer. É completamente aleatório. Algo estranho começa a tomar conta de Ines... algo que chamo de "a hora entre o cão e o lobo". Aí ela tanto pode começar a destruir os móveis quanto sair correndo atrás de mim com uma faca ou até se machucar. Ela se odeia tanto nessas horas que ataca tudo que se aproxima dela. Você pode se dar por satisfeita que isso não tenha acontecido hoje à noite e que ela tenha ficado tão tranquila.

— Não, ela não ficou agressiva — confirmei, baixinho, enquanto envolvia o copo frio com as mãos. — Continuou simpática o tempo todo. Ela só sumiu, durante uns dez ou 15 minutos. Mas não fez nada.

Depois de ter começado a falar, senti a compulsão de continuar falando, como se tivesse que falar para poder lhe explicar o motivo daquela sensação de "eu não ser nada". O motivo pelo qual Ines bebia devia ser aquela sensação. Havíamos herdado aquilo do nosso pai. Primeiro pensei que fosse só eu, mas, agora, via que não era bem assim. Mas não consegui falar. E, de qualquer forma, como eu poderia explicar isso?

— Pois é, fora de órbita, isso mesmo. Ela fica completamente fora de órbita — disse Kai.

Concordei, embora não tivesse sido minha intenção, pelo menos não daquela forma. Ele começou a andar de um lado para o outro de novo, como um animal ferido que deduz que o local de sua dor está em algum lugar da sala. Aquilo estava me enlouquecendo, mas eu não disse nada. Tentei me concentrar no seu rosto, como se pudesse pará-lo dessa forma. Um rosto nobre, mas descontrolado, exatamente como ele queria — um pouco mais cansado, talvez.

— Recentemente, durante meu aniversário, na frente dos meus amigos, ela perdeu completamente o controle — continuou, olhando para o chão. — Mal chegou lá em casa, começou a me jogar na cara acusação atrás de acusação, uma mais bizarra que a outra; enquanto gritava, os ossos da face ficavam salientes como se fosse uma radiografia superexposta; e, você não vai acreditar, ela chegou a atirar um copo em mim, não acertou por pouco. Não posso contar isso para ninguém. Ninguém acreditaria, e como ela ficaria?

Hesitei até finalmente ter de concordar que era horrível mesmo. Não estava satisfeita comigo mesma, como disse, e tive a impressão de que não gostava nem um pouco mais dela do que de costume, de que não tinha nem um pingo de pena dela e de que só estava fingindo para Kai e para mim mesma. Não estava bem certa. Comecei a pensar alto.

— Até hoje, ela conseguiu se virar muito bem com o sofrimento, independentemente do motivo. Ela sempre conseguia transformá-lo em algo positivo para si própria, para sua pintura. Sempre menosprezei e admirei isso... — comecei a refletir.

Será que admirava mesmo? Fechei os olhos e vi uma tonalidade horrorosa de amarelo. *Não sou nada.* Kai não deu a mínima para o que eu acabara de dizer.

— Mas não posso deixá-la! — exclamou. — Quero dizer, não que eu queira. Mas não posso nem ameaçá-la com isso.

Olhei direto em seus olhos e, no momento em que vi pânico e aquela mescla de exaltação e sofrimento estampados em seu rosto, quis tocá-lo, aproximar-me dele e abraçá-lo, mas não para acalmá-lo, e sim porque o desejava. Ele continuou a andar de um lado para o outro, e não consegui parar de imaginar como seria transar com ele.

— Se eu puder fazer algo para ajudar, é só dizer — ofereci.

— Claro, se eu soubesse o quê! — respondeu Kai. — Percebi, logo que a conheci, que você era uma boa pessoa.

Foi então que ele começou a se aproximar... Um passo, dois, e logo comecei a imaginar que ele também estava sentindo a tensão que crescia entre nós. Energia sexual palpável. Mas eu estava enganada.

— Com licença, tenho que pegar dinheiro no sobretudo. Ainda tenho que lhe pagar o táxi.

— O táxi? — repeti.

Ele estava falando sério?

— Primeiro... — gritei —, a minha irmã pode pagar o táxi; segundo, Carol nos deu uma carona. Você acredita? Carol ficou lá de prontidão enquanto você não chegava.

De repente, ele parou na soleira da porta.

— Carol? — perguntou ele, baixinho. — Mas é claro, Carol! Essa amiga dela faz filmes maravilhosos, um talento nato. Filmes incríveis. De terror, claro, para quem gosta de terror.

— Ele ainda murmurou alguma coisa sobre os filmes serem fantásticos e se virou. Quase doeu vê-lo partir. Queria tocar suas costas, mas, naturalmente, nem tentei. Voltei com a vodca intocada para a cozinha de Ines. Procurei até encontrar dois sacos plásticos nos quais coloquei aproximadamente 15 garrafas, para carregá-las até um contêiner de reciclagem de vidro. Estava tentando prolongar a despedida, embora soubesse que não me demoraria ali. Antes de ir, ainda escrevi um bilhete: "Querida Ines, vê se me dá uma ligadinha logo." Não consegui pensar em mais nada. Ainda desenhei uma carinha sorridente e deixei o apartamento com as sacolas tilintando. A porta se fechou atrás de mim com um estrondo, fazendo-me pensar na tampa se fechando sobre um caixão.

Quatro dias depois, eu voltava do cabeleireiro, já estava escuro de novo. Atravessei a Eschenheimer Anlage e, após hesitar um pouco, entrei em um parque. Passei por um quiosque iluminado e envidraçado, no qual alguns jovens esperavam ser servidos; depois, por outro que vendia bebida e estava lotado de homens cabisbaixos. Apesar do frio, estavam bebendo cerveja ao ar livre. De repente, um deles deu um passo na minha direção e se aproximou tanto, que senti seu bafo. Estava a ponto de me desviar quando ouvi uma voz conhecida chamar meu nome. O homem tinha um rosto pálido e olhos ligeiramente arrogantes e penetrantes que piscavam para mim. Foi difícil reconhecê-lo, como é difícil reconhecer algo que está muito próximo dos olhos. Diante de mim estava meu colega de redação, Richard Bartholomäi, que estava de licença médica há três dias. Até hoje só o vira em ternos Armani, bem de acordo com seu jeito todo orgulhoso de ser. Parecia outro homem naquele moletom imundo. Ele acenou com uma cesta contendo quatro garrafas de cerveja e uma embalagem de mix de nozes; as mangas do seu casaco estavam manchadas, mas seus trajes não o impediram de me inspecionar com olhar crítico e certo desprezo. Enquanto eu ainda tentava me lembrar se o tratava por "você" ou "senhor" nas poucas vezes que nos encontrávamos perto da máquina de café, ele tomou a dianteira.

— Você está diferente — começou, referindo-se ao meu novo corte de cabelo.

— Você também — devolvi, sorrindo.

Ele me contou seus planos de se embebedar e sentar na frente da televisão para assistir a alguns vídeos. Disse aquilo de forma elegante e complicada, como se fosse algo muito especial, justo por ser tão absolutamente sem graça. Não entendi bem o que queria até ele me convidar para acompanhá-lo nessa noitada. Fiquei surpresa e dei um pequeno passo em sua direção, fazendo-o dar um pulo. Nem titubeei; afinal, o que me esperava em casa? Sua surpresa não demorou um segundo, quando voltou a ser prático.

— Então, é melhor buscar mais umas cervejas — concluiu.

Calçando tênis, seu andar era descontraído, como se não estivesse atravessando o asfalto naquele frio dia invernal, e sim passeando nas nuvens. Talvez eu também devesse tirar uma folga um dia desses para passear ao ar livre. Ele bateu na janela fechada do quiosque. A mulher que o atendeu era daquelas que é difícil dizer se ainda está viva ou se já passou desta para melhor. Tinha uma cabeça jurássica, presa diretamente aos ombros, como as tartarugas. Quando Richard bateu na janela, a cabeça mal se moveu. A interrupção não parecia ser bem-vinda. A mulher olhou pelo vidro de má vontade, como um animal que é incomodado em um terrário. Fiquei observando as manchas nas mangas de Richard enquanto ele procurava a carteira no cesto e passei o peso de um pé para o outro; era uma loucura o frio que senti de repente, e nada me apetecia menos do que uma cerveja naquele momento. Fiquei pensando se eu preferia que Richard trocasse de roupa assim que chegássemos à sua casa, demonstrando, dessa forma, um mínimo de respeito; ou se, por outro lado, preferia que continuasse com o moletom, o que também não deixaria de ser respeitoso; afinal, demonstraria que ele se sentia à vontade comigo, não perturbava seu conforto, e essa seria a forma de provar. Era uma situação em que ambas as partes sairiam ganhando. Segui-o. Ele mais parecia Chapeuzinho Vermelho carregando aquele cesto, e entramos na segunda casa à direita da venda de bebidas.

— Infelizmente, a lâmpada está quebrada — disse ele.

Levei um susto ao sentir sua mão sobre a minha, mas Richard queria apenas colocar meus dedos sobre o corrimão, em um movimento cordial, como se arrumasse alguma coisa. Isso só conseguiu despertar em mim uma onda de desejo, o que era ridículo, tendo em vista o moletom que vestia e o fato de ele nunca antes ter chamado minha atenção na redação.

Aqui estamos. Ele me empurrou para um corredor iluminado e quente. No chão havia uma escavadeira vermelha e um robô.

Na parede, uma foto de Richard com uma mulher sorridente e um garotinho.

— É melhor não fazer barulho? — perguntei, apontando para os brinquedos.

Richard ficou olhando pensativo para a escavadeira.

— Não. A mãe do Leonard já veio buscá-lo. Ele vai passar o fim de semana com ela.

Richard se curvou e estacionou o veículo sob a mesinha de telefone. Retomei meu volume de voz normal.

— Bonito nome, Leonard.

— Nos inspiramos no nome do chocolate belga "Leonidas" — explicou Richard, que continuava olhando para a escavadeira, ou melhor, para o móvel que a escondia. — Nós nos conhecemos em Bruxelas, em uma chocolataria, e nos separamos há pouco. — Ele me estendeu um cabide. — A separação foi amigável.

Dei a ele o meu casaco e olhei para a foto na parede. De fato, aquele garoto em pé, ao lado da bela e sorridente mãe, com seus cachinhos cor de chocolate e o rosto brilhante, exalando um frescor de leite, parecia um pouco com um bombom.

— São muito bonitos, os dois.

— Uma mulher charmosa, na verdade, não precisa de inteligência — disse baixinho, quase inaudível, batendo o dedo no rosto sorridente da mulher na foto.

— Como é? — perguntei, olhando surpresa para ele.

— Nada, não — respondeu.

Da mesma forma que Richard, também a sala se encontrava em uma situação de total abandono. A mesa estava coberta de jornais, maços de cigarro vazios, sacos de lanche e taças vazias, nas quais se encontravam restos de vinho tinto; os sofás estavam cobertos de roupas: camisetas, meias, panos de prato.

— Ela levou o varal — justificou Richard, começando a dobrar as cuecas.

Eu me encarreguei dos panos de prato e das camisetas. Trabalhamos em silêncio, um pouco surpresos com a súbita intimidade. Pouco depois, ao voltar da cozinha, onde havia acabado de deixar as taças vazias, a aparência do local tinha mudado. Sem a roupa espalhada, os belos estofados de couro claro de Richard estavam à mostra. Ele também havia acendido algumas lâmpadas, iluminando uma sala grande e aconchegante. Partes do assoalho, um tanto gasto pelo uso, eram cobertas de tapetes de lã branca, sobre os quais caminhei em passos curtos, aproximando-me de Richard.

— Sente aqui — ofereceu, apontando para o lugar ao seu lado, onde uma garrafa de cerveja aberta já esperava por mim.

Ele esticou novamente a mão para o cesto, que agora se encontrava sob o tampo de vidro da mesa arrumada, de forma que eu pudesse acompanhar seus movimentos curvando-me um pouco para a frente, a cabeça bem em cima da mesa, como sobre um lago de águas claras. Vi-o apanhar o saco de nozes que brilhava na cesta. Ele esvaziou o conteúdo em uma tigela de cerâmica azul e a empurrou para mim. Depois, encostou-se confortavelmente no sofá.

— Você nunca percebeu que as nozes maiores, as mais pesadas, sempre ficam por cima nesses pacotes de nozes e de granolas?

Você não acha isso ilógico? — Foi assim que Richard começou a conversa, pesando algumas nozes na mão. Quando balancei a cabeça, ele deduziu acertadamente que eu jamais havia pensado nisso. — As nozes vêm bastante misturadas de fábrica, mas, durante o transporte, com o chacoalhar em caixas e caixotes, em navios e caminhões, acabam sendo separadas de novo. A cada sacolejada, as nozes de vários tipos se mexem, as menores escorregam por entre as maiores, empurrando-as para cima. As castanhas de caju e os amendoins ficam embaixo, enquanto as castanhas-do-pará acabam em cima, embora sejam maiores e mais pesadas. A indústria alimentícia encomendou uma pesquisa sobre esse fenômeno a um grupo de estudiosos alemães e americanos. É chamado de "Efeito da castanha-do-pará". — Richard fez uma pausa e pigarreou. — O "Efeito da castanha-do-pará" é importante. Pode ser utilizado pela indústria no processo de mistura e separação, na fabricação de medicamentos, na seleção de grãos ou na produção de alimentos. A questão tem para a física da matéria granular uma importância semelhante à da mosca da banana para os cientistas genéticos.

Uma expressão tenra passou pelo seu rosto.

— "Efeito da castanha-do-pará" — repeti à meia-voz.

Durante todo o tempo em que ele falou, com voz baixa e simpática, a tigela azul foi e voltou várias vezes entre nós, como um cargueiro entre dois países cujas relações comerciais se intensificavam, e cada qual havia bebericado de sua cerveja. Depois, levou algum tempo até eu escolher dentre aquele sortimento de filmes, dos quais alguns eu já conhecia e outros não me interessavam; escolhi *A Noiva de Frankenstein*. Richard deixou a sala por alguns instantes. Quando voltou, havia mudado de roupa, vestia camiseta e jeans pretos, e senti o leve cheiro da loção pós-barba. Já durante o trailer ficamos de mãos dadas, e, logo na primeira cena do filme, quando Frankenstein vagava pelo cemitério, começamos a nos beijar. Pareceu um bom filme; de vez em quando eu dava uma olhadela e percebi que o monstro tinha que atravessar um vale profundo e depressivo e que se sentia muito só. A cena infinitamente triste do violinista cego fez meus músculos se afrouxarem por pura pena, mas Richard conseguiu reacender certa tensão em mim, pelo que lhe fui grata. O auge dos acontecimentos pareceu ser a cena em que Frankenstein é rejeitado pela noiva horrorosa, que havia sido criada só para ele sob o som de estalidos e chiados. Uma cena espetacular. Também foi a última que consegui ver, já que nós estávamos passando pela experiência oposta: eu havia me tornado a noiva de Richard, pelo menos por aquela noite, e deixei o filme para lá, passando a me concentrar no meu papel. Esta noite estava interpretando o papel de uma mulher carente, que era completamente estranho para mim em outros estados de espírito; uma mulher disposta a corresponder a cada toque, fosse um puxão, empurrão, ou apenas uma solicitação; que, de sua parte, fazia gestos que também lhe permitiam ter seus desejos satisfeitos. Nós dois, Richard e eu, estávamos tentando ser um par e partilhar sentimentos, nada de amor, mas, ao menos, bem-querer e prazer; no final, estávamos satisfeitos. Olhamos um para o outro, relaxados após aquela experiência conjunta bem-sucedida, exitosa para ambas as partes, resultado de um eficiente trabalho em equipe; rimos e ele colocou o braço em volta do meu ombro.

— Você não está doente coisa nenhuma! — lembrei mais tarde, após havermos descansado por um tempo em silêncio. Tive a impressão de ver os cantos de sua boca se movimentarem de leve, embora ele não parasse de fingir que estava dormindo.

De madrugada, fui ao banheiro. A prateleira sobre a pia estava abarrotada de cremes femininos e cosméticos, e comecei a estudar as marcas — Shiseido, Estée Lauder, Jade, Lancôme, Lagerfeld. Nossa! Que mulher esquisita que o abandonou! Daquelas que leva filho e varal, mas deixa a maquiagem para trás. Depois de me maquiar um pouco, recolhi, em silêncio, as minhas roupas espalhadas pela sala. Atravessei o corredor escuro e, por não achar o interruptor, iluminei o caminho com a escassa luz do meu celular ligado. A título de despedida, passei a luz sobre as fotografias na parede e a escavadeira vermelha sob a mesinha do telefone. Eu não estava com pressa. Sem fazer ruído nem tropeçar, cheguei à porta da frente e à escadaria escura. Com um sorriso nos lábios, atravessei a cidade noturna. A cada passo, acordava mais um pouco e ficava mais feliz.

Voltei eufórica para casa, onde, embora fosse plena madrugada, comecei a separar meus post-its com a maior avidez, principalmente aquele com os dados do cabeleireiro — decerto um amuleto da sorte —, que recebeu um lugar de honra no espelho do cabideiro, no hall de entrada; depois, ainda fiquei deitada na cama, por algum tempo, sem acender a luz do quarto, olhando fixamente para o escuro, com os olhos bem abertos. Eu não havia fechado as cortinas, e o ambiente era iluminado, de vez em quando, pelos faróis de um carro que passava. Observava as luzes que deslizavam pelo quarto, surgiam e desapareciam, surgiam e desapareciam de novo, e, embora não fosse possível prever quando a próxima apareceria, eu tinha certeza de que haveria uma próxima, da mesma forma que tinha certeza de que o mundo estava cheio de carros, mesmo que eu não tivesse um, mas que droga, havia carros no mundo, e filmes durante os quais eu caía no sono; filmes durante os quais eu transava com alguém; filmes que eu assistia assim, sozinha mesmo, no melhor dos humores, em um cinema em Roma ou em Frankfurt; e amanhã eu iria nadar; também havia piscinas, piscinas que existem; e, antes de chegar aos lagos, mares e montanhas, caí em um sono ilimitado e profundo, no meio do meu inventário, vestida como estava, ligeiramente tensa e iluminada pelos faróis dos carros que, agora — já eram quase seis horas da manhã —, surgiam com mais frequência.

O despertador tocou menos de uma hora depois. Eu ainda não estava completamente acordada quando cambaleei até o banheiro. E, mesmo quando saí de lá, não estava muito melhor. Mas isso não me incomodava. Estava desfrutando daquela situação matinal de parcial inconsciência que fazia daquele dia uma continuação do anterior, no qual tudo levava o dobro do tempo usual; eu estava no turno da tarde hoje e só precisaria aparecer na redação ao meio-dia, que fantástico! Atendi o telefone assim que ele se fez notar, e, do outro lado da linha, Ines me cumprimentou. Ela disse que

Carol nos havia convidado para jantar; surpresa, aceitei. Era já amanhã; isso me desconcertou, mas tudo bem! Quando o telefone tocou de novo, logo em seguida, atendi antes mesmo de ouvir a voz de Susan, mas dessa vez não era Ines, e sim Richard, muito calmo, muito acordado. Ele também me convidou, com a voz quente, para sair no dia seguinte. Respondi que lamentava, mas que não poderia ir. E depois de amanhã? Chegamos a um acordo, então. Assim, antes de sair para o trabalho, já tinha uma agenda bem cheia, e disse para mim mesma, baixinho, bem-humorada: "Algo diferente."

Quando Ines me ligou para dizer que Carol nos havia convidado, parti do princípio de que iríamos à casa dela, mas, no carro, Ines me corrigiu.

— Não, claro que não! Carol sempre diz que só cozinha para os inimigos. Parece que é o melhor tailandês da cidade.

Ela dirigia o carro de Kai, devagar, sem muita confiança, sempre preocupada com meu conforto, tanto no que dizia respeito ao aquecimento quanto às curvas. Até fumar era permitido. Recusei, agradecendo, e ela voltou a falar do que nos esperava, onde se localizava o melhor tailandês da cidade e coisas assim. Era o mais fácil; então deixei que falasse, que continuasse falando, enquanto me concentrava nos meus pensamentos. Aliás, não disse nenhuma palavra sobre os acontecimentos no Bar Orion, nem uma palavrinha sequer, como se nada tivesse acontecido.

A decoração chegava a ser desafiadora em sua feiura. Haviam achado oportuno saciar também os olhos, cobrindo paredes e teto com um excesso de budas, máscaras e macacos-deuses; os últimos, principalmente, fitavam os comensais com olhar crítico. Mas Carol e a mulher ao seu lado, que já estavam sentadas esperando por nós, conseguiram superar em intensidade o olhar dos macacos.

— Oi! — cumprimentou Carol, olhando longamente para Ines. Depois, apontou para a acompanhante e se permitiu um tom mais formal. — Ines, gostaria de lhe apresentar a minha amiga, Rebecca, pesquisadora de cinema.

— Interessante! — respondeu Ines, e nos sentamos.

— O que você faz, mais precisamente? — perguntei para Rebecca, lembrando-me de que Kai havia elogiado o grande talento da amiga de Carol.

— Estou pesquisando sobre a estética dos filmes de horror nos anos 1970. Além disso, dirijo meus próprios filmes — respondeu educadamente, porém mal disfarçando a má vontade. Parecia que já devia ter repetido isso pelo menos uma centena de vezes. Entediada, passou a mão nos cabelos curtos.

Vi que também tinha unhas curtas, como se as roesse, e pensei em Richard.

— Interessante! — elogiei. — Tem alguém que você deveria conhecer. Ele tem uma coleção de vídeos só de filmes de horror.

Irritada, ela revirou os olhos.

— Ah! Todos esses especialistas de cinema que se dizem especialistas só porque ficaram assistindo a filmes noite após noite.

Estarrecida com aquela animosidade óbvia, fiquei olhando para ela. Sua voz de professora universitária já falava por si, erótica, rouca e decidida, mas, fora a voz, tudo nela era ascético. Calça jeans e camiseta polo cobriam o corpo musculoso, o extremo oposto de Carol, que exibia o farto decote em um vestido de veludo, o que me pareceu um tanto exagerado para a ocasião. Naquele instante, Carol pousou os dedos enfeitados com anéis de prata sobre a mão ossuda de Rebecca, que a retirou imediatamente.

— Vamos pedir! — disse, abrindo o cardápio com um movimento decidido.

Carol se virou para Ines.

— E você, minha querida, o que vai querer? — perguntou.

Sua atitude era curiosamente jovial. Seus sentimentos em relação a Ines pareciam ter sofrido uma guinada desde o nosso encontro no bar. Fitei, confusa, a diversidade de números e códigos, a enorme quantidade de pratos oferecidos que me pareceu ameaçadora de repente. Quando olhei para cima, percebi os olhos cinzentos de Rebecca voltados para mim. Olhos de réptil, velhos e estragados, capazes de atravessar meu corpo até o esconderijo profundo e retraído no qual eu guardava meus temores. Desviei o olhar imediatamente, mas agora sabia que nada lhe passava despercebido, com certeza, tampouco o fato de Ines não querer uma bebida alcoólica.

— Nem mesmo uma cerveja? — perguntou Rebecca. — E você, Carol?

Ela sacudiu a cabeça.

— Quero um *mango-lassie*, como a Ines.

Rebecca fechou a cara.

— Vou tomar um chá — falou.

Mas, quando a pequena tailandesa chegou para anotar os pedidos, Rebecca mandou vir, sem nos consultar, quatro taças de champanhe, e eu procurei, preocupada, os olhos de Ines, que pareceu notar minha intenção e evitou meu olhar. Ela também já havia percebido que nada do que acontecia em volta escapava a Rebecca; isso ficou claro ao vê-la acenar discretamente, concordando ou discordando; por dentro ela era uma docente, distribuindo notas, com certeza não estava aqui por lazer. O restaurante estava lotado; inquieta, fiquei me remexendo na cadeira, observando os grupos à direita e à esquerda; só havia famílias e amigos íntimos, todos pareciam relaxados petiscando seus pratos. Em nenhuma outra mesa havia tanta desconfiança e negociação ferrenha como na nossa — quatro mulheres que analisavam a respiração umas das outras. Comecei a pensar seriamente em uma desculpa para abandonar logo o jantar. Eu já havia saído de muitos encontros que se tornaram desagradáveis, em todas as cidades possíveis, em ocasiões formais e informais, e todos os presentes conseguiram superar minha ausência. Mas, a cada minuto que eu hesitava, minhas oportunidades minguavam, até que ficou tarde demais, pois Carol começou a fazer um brinde.

— A todas nós — disse ela. — A você, Ines; a você — brindou, com um aceno da cabeça para mim —, e também, a você, Rebecca. — Ela beijou Rebecca na boca. — Eu sonhei com isso, com todas nós juntas, conversando — confidenciou, alegre. Seu cabelo vermelho esvoaçava. — Foi por isso que as convidei.

Ines balançava a cabeça, perdida em seus pensamentos, como se nada daquilo tivesse a ver com ela; Rebecca, zangada, enfileirava molho de soja, paliteiro, saleiro e pimenteira, cada vez em uma ordem diferente. Eu parecia ser a única que se arrepiava com o fato de aquela nossa cena representar um sonho de Carol. Pigarreei.

— Vocês todas podem pegar um pouco dos meus legumes — disse Carol, empurrando uma porção no meu prato.

Irritada, fitei aquele presente. Até aquele momento, sempre havia considerado a borda do prato um limite natural. Carol deu de ombros, ofendida, e começou a amontoar brócolis e cogumelos no prato de Rebecca que, imediatamente, com movimentos mecânicos, passou a empurrar a comida para dentro, um robô acionado para executar o mais básico dos programas, na potência mais alta. Empurrei os legumes sob o arroz; o arroz, sob o frango; e, no final, inverti tudo de novo.

— Sabem o que o nutricionista da Gwyneth Paltrow aconselhou a fazer? — Os olhos cinzentos de Rebecca se voltaram para mim. Ela não sorria, seus lábios finos brilhando com a gordura.

— Não! — Eu não fazia a menor ideia.

— Ela só deveria comer pelada, na frente do espelho. Assim conseguiria ver o efeito dos diversos alimentos sobre seu corpo.

Rebecca abriu a boca e vi sua língua rósea e os dentes sadios quando começou a rir. Coloquei os pauzinhos de lado. Rebecca desfrutava da vitória.

— Ou você não está gostando da comida? — insistiu.

Ela continha com dificuldade a surpresa diante da minha desistência.

— Não estou gostando mesmo — respondi.

— Eu estou achando deliciosa — retrucou ela.

Expliquei que não tinha dito que a comida não era boa, mas simplesmente que eu não estava gostando. Havia uma diferença.

— Meu Deus! Como ela é jesuítica! Isso não cansa vocês, não? — indagou ela, sem se dirigir a ninguém em especial.

Carol não conseguiu evitar olhar para Ines. Interceptei o olhar furioso de Rebecca. Ela não estava disposta a passar tão rápido assim por cima do fato de aquela mulher ter compartilhado com Carol a cama e dominado seus sonhos. Não! Enquanto Carol, com seu jeito desajeitado, tentava apaziguar o ânimo de todas, Rebecca começava a odiar ainda mais sua inimiga. Perguntei a ela se não era apavorante basear seu doutorado em filmes de horror, se ela não tinha pesadelos... Perguntei com voz afetada, infantil, só para irritá-la, curiosa para ver como ela reagiria. Ela respondeu que o interessante dos filmes de horror é que eles encaram os problemas do homem atual sem rodeios, fazendo com que ele, pelo menos, ainda sinta algo em um mundo em que todos se tornaram apáticos.

— As pessoas precisam de todo o tipo de drogas.

Disse isso olhando para Ines, que, surpresa com o ataque, devolveu ao prato o garfo que levava à boca e, pela primeira vez, tocou sua taça de champanhe.

— Assim! — disse ela, tomando um gole.

— Eu não conseguiria fazer isso — continuei, oferecendo-me, de novo, como oponente. — Eu não conseguiria ficar assistindo a isso. Ficaria preocupada, o tempo todo, pensando que todos aqueles monstros poderiam acabar tornando a minha alma monstruosa também.

Rebecca deu a impressão de que precisava refletir sobre isso.

— Bem, não sei dizer se o monstruoso e o belo estão tão distantes assim um do outro... Mas você consegue perceber onde está o problema. Todos acham que podem entrar em uma discussão sobre uma mídia popular como o cinema, e logo, logo, a discussão se torna insípida. Ela então comeu a última garfada e empurrou o prato bufando.

Pedi licença, mas não fui ao toalete, e sim para o lado de fora, para a rua em frente ao restaurante, que brilhava vazia sob a chuva. Me fez bem ficar ali por alguns instantes, sem casaco, e esperar as mãos esfriarem e a razão me dizer que deveria entrar, independentemente do que me aguardasse lá dentro. Plantada ali, enterrei as mãos nos bolsos da calça e fiquei olhando para os reflexos de luz nas poças de água, e uma imagem após a outra passava pela minha cabeça sem que eu conseguisse firmá-la. Um segundo pássaro tinha batido na janela lá de casa. Vi uma manhã qualquer, quando estava arrumando a bolsa para ir nadar. Tinha acabado de comprar um maiô novo, azul-marinho, e não estava nem um pouco a fim de buscar as luvas de borracha e levar o pássaro para a lata de lixo; mas, durante todo o tempo em que nadei e, depois, na redação, não parei de pensar nele. Quando voltei para casa à noite, o corpo tinha desaparecido. Um gato devia tê-lo apanhado. Para me certificar de que não fora arrastado para um canto escondido fui até a varanda, mas não vi nada. Eu havia contado a Richard sobre o desaparecimento do corpo do pássaro, mas ele só franziu a testa e disse que não era bom eu assistir a tantos filmes de terror. Enterrei ainda mais as mãos nos bolsos da calça jeans. No bolso esquerdo, senti as minhas chaves; no direito, as dele. Eu tinha escolha. Isso me acalmava ao ponto de, finalmente, conseguir voltar para o restaurante. De novo à mesa, percebi que ficara fora mais tempo do que pretendia. Já haviam levado os pratos. Que continuava com fome, eu já tinha percebido enquanto estava na rua; fitei apatetada a toalha de mesa do melhor restaurante tailandês da cidade.

— Rebecca já pagou — disse Ines. Quando fiz menção de tirar a carteira da bolsa, ela completou: — Fomos convidadas.

Carol e Rebecca encostaram as cabeças, como um time dizimado antes do jogo decisivo.

— Será que perdi mais alguma coisa? — sussurrei.

— Nada de especial — respondeu Ines. — Estamos indo para a casa delas para assistir a um filme. — Pasma, olhei para minha irmã, que só deu de ombros. — Hoje, a noite vai ser da Carol — explicou sem convicção.

Na rua, ela destrancou o carro e nós entramos. Carol e Rebecca ainda trocaram, baixinho, palavras nada simpáticas. Rebecca virou-se e, em seguida, foi embora, apressada, andando no meio da rua, sobre o asfalto brilhante, iluminada pelos postes de luz... até que sua silhueta desapareceu no escuro.

— Ela prefere ir a pé — informou Carol, e se sentou no meio do banco traseiro, para poder espichar o pescoço entre os bancos dianteiros e para que nós conseguíssemos ouvir cada palavra sua.

Concluí que a ideia de assistirmos ao filme não tinha sido de Rebecca, mas de Carol. Ela não conseguia deixar Ines. Todos aqueles sentimentos que Carol considerava soterrados pelo novo romance voltaram com o frescor e o odor de capim recém-cortado após apenas uma hora e meia na presença de Ines. Ela não conseguia e não queria deixar sua amada. Nem Rebecca havia percebido que a situação era tão desesperadora assim.

Embora Carol não morasse muito longe do restaurante e nós tivéssemos dado duas voltas no quarteirão antes de encontrar uma vaga, Rebecca ainda não havia chegado. O corredor era branco como o de um consultório médico; a sala era branca, e estilosos móveis brancos se encontravam encostados em paredes brancas sobre tapetes brancos. Uma gata persa branca estava orgulhosamente sentada sob uma luminária de aço que irradiava luz fria. Tudo aquilo me lembrava fotos em revistas de decoração, só que nelas se procurava dar a impressão de que os ambientes eram habitados.

— Bonito! — exclamou Ines.

Carol se iluminou com o elogio.

— O apartamento é da Rebecca. Ela é a proprietária. Eu me mudei para cá há apenas algumas semanas.

Pensei em Richard e sua esposa. Que curioso! Aqui em Frankfurt parece que todo mundo está se mudando para algum lugar ou de algum lugar. Um morar junto e um se recolher em solidão. Nesse ponto, os romanos me pareciam mais espertos, orgulhosos; eles jamais abandonariam ou trocariam tão facilmente o espaço conquistado. Sentamos, Carol afundando, deslumbrada, no sofá branco; Ines sentou toda empinada, com uma expressão pensativa. A gata a fitava com olhar lânguido até pular em um cobertor de lã, dobrado com exatidão. Seu corpo branco formou um círculo perfeito.

— Deve ser proibido fumar aqui, não é?

Ines estendeu a mão e acariciou o gato, que se espreguiçou, espichou o corpo para enrolá-lo em seguida e deu início a um ronronar catártico impossível de ser interrompido durante os 15 minutos que se seguiram. Carol hesitou.

— Mas claro! Um momento.

Ela colocou um cinzeiro absurdamente feio na mesa de vidro, um daqueles monstrengos de aço com disco giratório que leva a cinza para o interior do cinzeiro sem deixar cheiro. Aquele era horrível, mas menor do que de costume, do tamanho de um coador de chá. Ele se assemelhava a uma verruga gigante sobre o vidro imaculado. A gata inflou o corpo mais uma vez.

— Aquele é o tesouro da Rebecca — revelou Carol apontando para as costas lisas de vídeos e DVDs que lotavam o armário.

— Bonito! — repetiu Ines.

Tendo em vista que tesouros devem ser admirados, levantei e fui examinar as fileiras de filmes. Os títulos da maioria não me diziam nada, mas neles apareciam muitos mortos e desmortos, lobisomens, vampiros e zumbis. Naturalmente, havia todos os clássicos, como *Frankenstein* e *A Noiva de Frankenstein*, e pensei que teria preferido estar com o Richard hoje mais uma vez. Rebecca havia anotado em letra de fôrma o nome do diretor e o ano de produção, nos vídeos e DVDs, os quais não estavam guardados nas caixas originais com fotos, e sim envoltos em envelopes brancos. Assim, o arquivo dava uma impressão de neutralidade como a de um consultório médico.

— A gata se chama Romy — disse Carol. — Ela adora ver televisão. Se deixássemos, ela deitaria em cima da televisão e ficaria de cabeça para baixo, como um morcego.

Todas nós voltamos o olhar para Romy, que encarava Ines com olhos hipnóticos. Ouvimos um barulho no corredor, e Rebecca apareceu com as bochechas coradas. Meu olhar cruzou com o dela, um reconhecer frio e dardejante.

— Muito refrescante, um passeio desses! Já faz muito tempo que chegaram? — ela disse com certa ironia, como se estivesse rindo de si mesma.

Carol e Ines balançaram simultaneamente a cabeça. Olhei para minha irmã. Havia algo em sua expressão que me fez identificar, de imediato, o que estava se passando, fazendo com que eu me levantasse e dissesse:

— Lamento, mas não vai dar para ficar para o filme. De repente fiquei com uma dor de cabeça latejante. Ines pode ficar, se quiser. Mas, por outro lado, também seria gentil da parte dela se me levasse para casa.

Não que eu quisesse salvar minha irmã, ainda não morria de amores por ela a tal ponto. Na verdade, minha intenção era quebrar as regras do jogo, no qual ela me parecia ser o lado mais fraco. O rosto de Carol desabou.

— Aluguei umas comédias na locadora, comédias, nada de filme de terror — disse em tom de súplica.

Mas Ines já havia se levantado e dado alguns passos na direção da porta para o cabide no corredor. Carol ficou olhando para ela como uma criança vendo seu brinquedo mais querido criar pernas só para poder abandonar seu dono.

— Aquilo foi bastante constrangedor — falei para Ines, já dentro do carro, que dirigia extremamente devagar e com muito cuidado, como se fosse outra pessoa. — Quem, em nome dos céus, se ocupa profissional e voluntariamente com terror?

— Ah! — exclamou ela. — Não tenha dúvida de que isso pode ser bastante divertido.

— Pode, sim, mas não para ela. Ela leva esse negócio a ferro e fogo e se interessa pelo mal porque o reconhece dentro de si.

Eu sabia que estava falando só abobrinhas. Na verdade, estava aborrecida com Ines, sentindo-me traída por ela. Eu havia tomado seu partido claramente, mas ela não queria ninguém do seu lado; seu lado só deveria existir para ela mesma.

— Você é sempre tão rápida assim para julgar pessoas que conhece há apenas três horas? — ela ainda teve o desplante de perguntar. — Quem sabe a situação não é bem diferente? Quem sabe é apenas uma oportunidade de confrontar aquilo de que ela mais tem medo?

O cansaço em sua voz me impediu de lhe dar uma resposta à altura. Restringi-me a dizer que, de qualquer forma, eu a achava extremamente antipática — as duas —, em um tom de voz que deixava claro que a conversa estava encerrada. Durante o resto do caminho, deixei que as luzes da rua se manchassem diante dos meus olhos semicerrados; a insatisfação crescia em mim, a tal ponto que acabei convidando Ines para subir e conversar mais um pouco. Ela recusou educadamente.

— Está tudo bem? Você está tão calada — insisti.

De repente, ela pegou minha mão e disse:

— Está, não se preocupe.

Mas eu recomecei, não resisti.

— Não entendo — continuei — por que a Carol tinha que ficar desfilando com você daquele jeito. E por que ela não fez nada quando Rebecca ficou agressiva daquela maneira?

— Sabe... — começou Ines, olhando para as mãos protegidas pelas luvas cor de areia e pousadas em cima do volante — ... um dia, eu a fiz sofrer demais, e sua vingança foi doce. Ela usou a Rebecca para me agredir; enfim, é assim mesmo, foi uma história de amor sem final feliz. Eu estava bêbada, e Carol esperou muito tempo para se vingar desta forma. Ela merece esta vitória.

Ines me deixou descer, ligou o carro e saiu em disparada, feito uma louca, pela rua vazia.

Aquilo foi o que mais me irritou, aquela pressa repentina. Por isso, não consegui me acalmar em casa e, passados 15 minutos, acabei pegando o sobretudo e a echarpe para sair de novo. Só queria ver se as luzes estavam apagadas e se ela estava dormindo. Se sim, estaria tudo bem. As ruas estavam desertas. Os postes emitiam fachos de luz redondos. Caminhei por ruas laterais. Uma mulher levava uma criança de patins, que tropeçava de cansaço e sempre parecia a ponto de cair. Tive vontade de pará-los e perguntar o que, afinal de contas, uma criança daquela idade estava fazendo àquela hora na rua, e ainda por cima de patins! Passei por elas sem dizer uma palavra. A vitrine iluminada de uma livraria me interessou, mas mal parei para olhar. Tive a impressão de ouvir passos, fiquei com medo e entrei em uma rua mais larga. Na Eschenheimer

Anlage atravessei o City-Ring, no qual ainda trafegavam alguns carros, e, após quase 15 minutos de caminhada, cheguei à Glauburgstrasse, a rua de Ines. Esfreguei as mãos geladas e contei os andares. Não havia nenhuma dúvida: em todos os cômodos do terceiro andar havia luz. Ainda considerei se atrapalharia no caso de Kai estar lá, mas acabei tocando a campainha.

Ela abriu uma fresta da porta, a roupa preta se fundindo con a escuridão do corredor, o rosto pálido parecendo um lampião pendurado no breu. Sem me reconhecer de imediato, disse:
— Oi, tudo bem?
Seus olhos estavam diferentes, maiores, brilhantes e úmidos; ela não parecia nem surpresa nem incomodada com a minha presença. Eu estava simplesmente ali, diante de sua porta, e ela a abriu deixando-me entrar.
— Tudo bem? — perguntei.
É claro que nada estava bem.
— Entra — disse ela. — Estou tomando uns goles. Vem beber comigo. Vamos conversar, está bem?
Ines estava estranhamente animada, como se estivesse no meio de uma festa para si mesma. Falava com uma clareza forçada, acentuando cada palavra, independentemente da importância que tinha na frase, de forma que a corrente de palavras soava descontrolada, como se fossem ditas só por dizer, como se ela estivesse sentada, sozinha, em um descampado, e o vento levasse tudo o que dizia de qualquer forma. Ela parecia ter se esquecido de que nos despedíramos há pouco, e me cumprimentou como se não nos víssemos há meses.

— Vamos para a sala?

Ela desfilou por um corredor quase vazio, do qual dava para ver os quartos iluminados festivamente. Parei em frente ao quarto de dormir; ele havia mudado, não estava mais tão vazio quanto da última vez. Agora, um mar silencioso e lamuriante de lenços de papel, latas de Coca-Cola e embrulhos de barrinhas de chocolate olhava para mim; os gargalos de duas garrafas sobressaíam como dois faróis entre jornais velhos. Sobre o travesseiro, reconheci o ursinho de pelúcia todo amassado.

— Você vem? — piou ela.

Então, ela acompanhou meu olhar, viu o que eu estava vendo, mas não se desculpou pela bagunça e, em vez disso, passou apressadamente por mim, tomou o ursinho nos braços e disse: "Sebastian, se lembra?" E, de fato, do jeito que estava ali, com aquela alegria infinita nos olhos, os quadris para a frente no jeans sujo, atrevida, até um pouco sensual, eu me esqueci do tempo e a vi novamente como a via quando ela tinha 10, 11 anos, com um pijama estampado, sem querer ir dormir para não perder um momento sequer do seu dia. Quis esboçar alguma reação, dizer algo, arrancar o brinquedo de suas mãos, mas não consegui. A tristeza me congelou na soleira da porta. Rindo, Ines se livrou da pose, jogando o bicho de pelúcia na cama, onde o urso acabou com o focinho para baixo, se equilibrando precariamente sobre o travesseiro e uma garrafa caída. Ela passou por mim em direção à cozinha, sem deixar de lançar um olhar de lado que deixava claro que hoje eu não conseguiria animar festa alguma.

— Vamos — assobiou.

Segui o minúsculo bumbum vestido na calça jeans. Na cozinha, havia uma pequena lâmpada acesa sobre a pia.

— Com gelo?

Ela me levou para a sala, sentou no sofá com as pernas cruzadas. Seu corpo se refletia na escuridão lisa da televisão desligada. Beberiquei o martíni enquanto Ines me observava.

— Nada mal, não acha? Comprei agora mesmo, lá no quiosque. Aliás, falando em quiosque... — Ela piscou. — Você sabe o que me acontece toda noite quando saio para comprar bebida? Sempre tem uma velha, de roupa escura, encostada no poste, que vira a cabeça para mim e me segue com o olhar quando passo por ela. Sempre, usa a mesma capa de chuva preta e carrega fechado o mesmo guarda-chuva marrom. Vejo-a ali todas as noites, há tanto tempo. Sempre quis falar com ela, perguntar se estava procurando alguém ou se precisava de ajuda, mas há algo que me impede de fazê-lo. É como... — interrompeu, e começou a falar novamente — ... se eu tivesse medo dela. — Ela fez mais uma pausa para beber. — Sempre me proponho a pegar outro caminho para ir ao quiosque ou, melhor ainda, ir logo ao posto de gasolina 24 horas da Friedberger Landstrasse, mas acabo não fazendo isso. Quando saio à noite, estou com pressa. Sempre quero pegar o caminho mais curto, de qualquer jeito, apesar do medo.

Pensei na velha que Kai havia fotografado, cujo nome eu desconhecia.

— Quem sabe é uma velha do asilo, lá do Grüneburgpark. Não tem um asilo lá? — sugeri. — Ela só deve estar passeando. Velhos não precisam de muito sono.

— Não! — Ines soou impaciente. — Não, você não entende; você não conseguiria vê-la. Ela não existe; só eu a vejo; ela é a morte, minha morte.

Ines se serviu de mais uma dose. Examinei seu rosto para ver se reconhecia resquícios de humor, ou daquela satisfação que pensei ter visto enquanto ela dormia. Não encontrei nada. Ela falava de si como se fosse de outra pessoa, pela qual não sentia nada. O gelo no seu copo tilintava de leve. Ela bebia tão rápido que os cubos mal derretiam, servindo para gelar a dose seguinte.

— Existe um momento exato — disse, servindo-se de nova dose —; se você beber até lá, algo muda. As cores ficam diferentes, os cheiros, a dilatação dos corpos no espaço é, como posso explicar, mais bonita, estranha, como se pertencesse a um mundo paralelo, um mundo melhor.

Suas clavículas tremiam, ela aspirava e expirava profundamente, como se estivesse em uma aula de ioga. Bati meu copo na mesa suja de Ines.

— A única coisa que eu sei é que você deveria parar de beber. A dilatação dos corpos no espaço também é perfeita para os sóbrios. Você conseguiria perceber isso se arrumasse um pouco a sua casa. — Não pensei em mais nada para dizer.

Peguei a garrafa da mesa, mas não adiantou porque não sabia o que fazer com ela. Ines sorriu.

— Vamos ouvir o quê? Leonard Cohen? Bem que estou a fim...

— Ouça bem — interrompi, sem me deixar levar por sua proposta —, você está precisando de ajuda.

"Você está precisando de ajuda", eu havia dito e, de imediato, percebi que não tinha sido a coisa certa a dizer. Sua voz mudou com a rapidez de um sinal de trânsito, de verde para vermelho.

— Não me fale nesse tom — esbravejou ela. — Ninguém pode me ajudar. Também já tentei explicar isso ao Kai. Ninguém pode me curar. Todos sempre tentam, mas vou continuar do jeito que sou. — Limpou o nariz na manga do moletom.

— Vou continuar do jeito que sou — repetiu, já que eu não havia esboçado qualquer reação.

Ela se alongou um pouco sobre o sofá. Não tinha certeza se minha presença tinha um efeito positivo ou se a empurrava ainda mais para o fundo de sua desgraça. Ela deveria sentir algo como vergonha, ou não?

— Mas você está me pedindo ajuda, pelo menos de forma indireta — retorqui, ainda tentando manter uma conversa normal.

Ela olhou para mim sem compreender.

— Ah! E eu que pensei que você tivesse vindo me visitar só por visitar, mas agora você também vem com essa síndrome de salvadora para o meu lado.

Suspirei.

— Só estou preocupada. Dá para entender, não dá?

Sua única reação foi levantar e se arrastar para fora da sala. Indaguei-me, de novo, se ela ainda estava trabalhando.

— Você ainda está pintando? Para onde você vai? — perguntei, levantando também.

Parecia mais *O gato e o rato*. Ela desapareceu para dentro do banheiro. Sacudi a porta, que permaneceu trancada.

— Só vim dizer que, caso você precise de ajuda, bem... — eu falava para a porta.

Será que ela estava tentando se suicidar lá dentro? Era mais provável que estivesse se olhando no espelho e se achando a rainha do mundo. O jeito como ela se comportara antes, em sua embriaguez! Estava indo buscar meu sobretudo no corredor quando ela apareceu de novo. Eu não tinha interpretado mal a situação; ela havia se maquiado, embora sob o olho esquerdo houvesse lápis em excesso.

— Você não me entende! — exclamou ela, desfilando por mim com o queixo empinado. — Você não faz ideia pelo que estou passando.

— Vou dizer do que faço ideia — retorqui. — Vício é uma escolha, ninguém obriga você a se viciar. O que você tem que fazer agora é lutar, Ines. — E, enquanto eu dizia aquilo, ela me olhava sem pestanejar, como se eu tivesse pedido para ela se jogar da janela.

Senti seu pavor de tal forma que era como se houvesse uma terceira pessoa ali. Os ânimos iam mudar em breve, eu sabia disso. Pensei no que Kai havia dito sobre o momento em que ela se tornaria perigosa, para si própria e para os outros. Eu tinha que ligar para ele.

— Ines? Onde fica o seu telefone?

Ela não respondeu. Ficou fungando na manga do moletom, fazendo cara de zombaria. Mas encontrei o telefone mesmo sem sua ajuda e tentei reproduzir os números gravados. E de fato, lá estava ele.

— Kai — falei, e ele percebeu, de imediato, que minha ligação não tinha nada de positivo.

— Onde você está? — quis saber.

— Na casa da Ines.

— Entendi — respondeu, devagar.

Como deve ser cansativo para ele receber sempre a mesma notícia. Ines gritava ao fundo.

— Vou dar um pulo aí — prometeu ele, e desligou.

Ines não estava mais na sala, mas a porta para o quarto estava fechada. Trancada. Pensei conseguir ver sua silhueta pelo buraco da fechadura. Ela estava sentada sobre a cama encardida e parecia não estar fazendo nada. Parei de chamar por ela e decidi esperar por Kai. De repente, me senti muito cansada.

— Não é tanto a diferença entre a escuridão e a claridade, mas a diferença entre não viver e, finalmente, nascer — ouvi-a gritar. Depois, só silêncio.

— Ok — gritei de volta.

Exausta, fui ao banheiro, onde deixei escorrer água fria sobre o rosto e penteei o cabelo. Foi então que percebi o cheiro. Levantei a tampa do vaso e vi os restos de vômito. Pensei em uma expressão: "As coisas realmente interessantes acontecem à margem do bom gosto." De onde foi que eu tirei aquilo? Mas não era bem assim. Deixei o banheiro como estava, voltei para a sala e liguei a televisão. Era o último noticiário. Uma jovem havia tido nove filhos e sufocado cada um após o nascimento. Adormeci.

Eu havia adormecido ou, pelo menos, cochilado. Acordei docemente ao ouvir a voz baixinha, mas irritada de Kai, e depois a de Ines, que respondia algo naquele tom lamurioso que eu conhecia tão bem. Fiquei escutando enquanto me conscientizava de onde eu me encontrava e do que havia acontecido. Kai devia ter a própria chave, ou pelo menos eu não havia escutado a campainha. Uma porta bateu de repente. Levantei e ele estava de pé, diante de mim.

— Ela acordou e continua bebendo — anunciou ele. — Não demora muito e adormece de novo.

Kai tirou o sobretudo, o que me pareceu pouco natural, como se fosse um morcego trocando de pele. Percebi que, até o momento, só o havia visto de sobretudo, ou no escuro, na sessão de fotos. Ele dobrou o casaco com esmero e o colocou ao meu lado, no sofá. Por baixo havia um terno elegante que o fazia parecer mais velho.

— Há quanto tempo? — perguntei, cruzando uma perna sobre a outra, como se fosse uma conversa entre especialistas.

— Três, quatro dias — respondeu ele. — Talvez uma semana? É, já deve fazer uma semana.

Olhei para ele, horrorizada.

— Você não a vê há uma semana? Você sabe que ela... vive... desse jeito, e a deixou assim mesmo.

Não conseguia parar de encará-lo. Ele dobrou o sobretudo de outra forma.

— E daí? Sua auto-humilhação tem vários matizes. Na verdade, boa parte não passa da pura expressão do seu egocentrismo e agressividade. Antes de me conhecer, ela também sobrevivia. E também antes de conhecer a Carol ou até você... Ela sempre voltava para casa sozinha, não se esqueça disso. Ines só não larga você a partir do momento que você se encontra nas imediações de seu campo magnético. Aí passa a acorrentá-la com sua energia doentia — finalizou ele abruptamente, quando deixou cair a manga que mantivera levantada e com a qual conversara o tempo todo, fazendo uma careta como se tivesse esperado muito mais daquele pedaço de pano tão promissor. Ele levantou e sentou novamente. — Aos poucos, tenho a impressão de que as coisas estão piorando. Quanto mais compreensão eu demonstro, mais ela piora. Primeiro, ela só bebia nas folgas, sem sair de casa, sentindo-se o máximo. Ela não comia nada, só bebia. Isso não afetava sua beleza. Na segunda de manhã, ela ia de bicicleta, feliz da vida, para o ateliê. Mas agora...

— Ela também não tem mais ateliê — afirmei.

Ele não respondeu.

— Você sabe o que é uma "corrida de entrega"?

Sacudi a cabeça, sem saber mesmo do que se tratava.

— Muitos alcoólatras que não conseguem reabastecer suas doses noturnas, por exemplo, quando moram no campo ou na periferia, pedem a um motorista de táxi que lhes traga mais bebida do posto de gasolina 24 horas mais próximo. Só precisam deixar uma cesta na frente da porta com a lista de compras e dinheiro para a bebida e para a corrida.

— Por que está me contando isso? — perguntei, hostil.

— Uma vez você quis saber como eu a conheci — respondeu Kai, consciente do clímax da história. — Foi uma festa e tanto.

Interessada, fiquei olhando para ele.

— Você já trabalhou como motorista de táxi? Alguns anos atrás?

— Isso mesmo — respondeu Kai, sem muita paciência.

— Assim mesmo. E ela mandava me chamar noite após noite.

— Mas isso deve custar os olhos da cara!

Kai lançou um olhar de desprezo e não respondeu.

— Nunca a teria conhecido se não tivesse ficado esperando na porta, uma vez, para ver quem buscava a bebida. Sabe, foi a mais pura e vil curiosidade. Eu esperava ver uma bruxa velha toda acabada ou um vovozinho com a braguilha aberta. Meu Deus! O susto que levei ao ver Ines. Tão nova e já no final da linha. E como — exaltou-se ele —, como me assustei! E me apaixonei no momento em que a vi. Ou talvez o que eu quisesse fosse salvá-la. Um impulso que confundi, durante muito tempo, com amor. Estava tudo errado. Houve um tempo em que ela era uma grande sedutora, você deveria ter visto seu potencial ao chegar às recepções, antigamente. Passo lento em roupa deslumbrante, dividindo as multidões como Moisés no mar Vermelho.

Ele começou a andar de um lado para o outro, como da outra vez, e tive a impressão de estar numa gaiola com um hamster que já conhecia.

— Vou deixá-los à vontade — falei, finalmente.

Naquele momento ouvimos um barulho estrondoso.

Ela estava deitada, os olhos bem abertos, no chão da cozinha e, embora sua boca não se mexesse, ouvia-se um gemido saindo dela. Estava em uma poça que cheirava a bebida barata, havia uma cadeira caída no chão, e o armário de cima estava aberto. Ines tinha sangue nas mãos e no rosto. Sua perna esquerda estava esticada, a direita estava contorcida como em uma posição de alongamento, o joelho flexionado, o pé para trás, de forma que o calcanhar estava encostado na bunda. Quis gritar, mas coloquei a mão sobre a boca e me ajoelhei ao seu lado. Só então percebi os cacos.

— Cuidado! — avisei.

Kai sentiu seu pulso e começou a falar com ela.

— Está tudo bem, está tudo bem! Você consegue mexer isso? Não? Não se preocupe. Chame uma ambulância — pediu — e traga um travesseiro.

Procuramos deixar Ines o mais confortável possível sem mexer na perna. Busquei papel higiênico e limpei seu rosto com cuidado. Não tinha nenhum ferimento ali. O sangue vinha das mãos, com as quais tocara a testa. Nenhum corte no rosto, aquilo me tranquilizou. Comecei a tirar os cacos e a secar o líquido. O cheiro era de alta porcentagem de álcool.

Kai segurava sua mão e fazia carinho, com cuidado, para não estragar a bandagem improvisada que fiz em volta de um dos cortes. Fiquei de pé, ao lado da cadeira agora levantada, sem entender nada. Estávamos na sala ao lado. Como aquilo podia ter acontecido? Por que não fui logo embora? Por que fiquei conversando com Kai? O que eu estava fazendo aqui, se não estava fazendo nada mesmo? Por que não pedi conselhos a um médico ou psicólogo, quando soube do problema, algumas semanas antes? Tocaram a campainha e fui abrir a porta. Os enfermeiros haviam trazido uma maca leve, deram uma injeção em Ines e a levantaram. Comecei a chorar em silêncio. Um dos enfermeiros se virou, como se tivesse escutado.

— Não é grave — disse. — Provavelmente quebrou o fêmur. E, claro, os cortes. Ela caiu com um copo? Uma queda e tanto!

Só um dos dois falava, enquanto o outro fazia seu trabalho de cara fechada, olhando em volta com desprezo de vez em quando. Parecia que estavam representando, como num filme policial. O policial bom e o mau, projetado nos profissionais da saúde, o enfermeiro bom e o enfermeiro mau. Kai falava baixinho com o bom. Eu continuei chorando, afinal, não tinha mais nada a fazer. Ele deixou ambos passarem e virou mais uma vez para mim.

— Vou junto para o hospital — disse, estendendo a mão e secando uma lágrima do meu rosto. — Ligo para você amanhã.

Pensei tê-lo visto lamber a lágrima do dedo, mas posso ter me enganado, e ele só passou a mão pelo rosto. Mesmo assim, ao ver aquele gesto feito para mim e do jeito que eu o interpretei, me senti culpada pela primeira vez e soube que, a partir daquele momento, eu não seria mais apenas uma espectadora.

— Talvez não tenha sido ruim que algo tenha acontecido agora — disse Kai.

E desceu as escadas atrás dos enfermeiros.

Aquilo havia sido há 12 horas, e Richard se encontrava em seu belo roupão de banho diante de mim, radiante por eu estar lhe pedindo conselhos, pensativo, sem querer dar sua opinião cedo demais. Ele esticou as panturrilhas descobertas e cabeludas, com as pantufas de couro displicentemente nos pés — daquelas parecidas com as que se recebe nos hotéis em todo o mundo e que mal ficam nos pés. Na mesa do café da manhã à nossa frente havia xícaras vazias, migalhas de croissants, cascas de ovos, uma tigela de frutas com uvas, bananas e maçãs, na qual, sabe-se lá como, também se encontrava um isqueiro. Fiquei olhando para aquelas coisas empilhadas, que se tocavam e se contradiziam, e comparei o corpo brilhante e vermelho do isqueiro com a maçã ao seu lado, também brilhante e vermelha; uma natureza-morta de beleza barroca que me fazia pensar. Nada era verdade que não apontava para outra realidade.

— O que não entendo — Richard recapitulava os acontecimentos —, você disse que ela havia subido em uma cadeira para procurar uma garrafa. Por que diabos ela não guardava as garrafas perto do chão ou ao alcance da mão?

Peguei o isqueiro da tigela e comecei a brincar com ele.

— Tenho uma explicação que pode parecer estranha — disse, admirando a chama azul. — Quando éramos crianças, mamãe sempre escondia os doces de nós. Sempre os colocava nas prateleiras mais altas, sabe, onde não conseguíamos alcançar.

Richard bateu no bolso do roupão à procura de cigarro. Aquela era uma peça de roupa que ele gostava de vestir até o meio-dia, nos fins de semana. Ele me ofereceu um cigarro, mas recusei.

— Entendi — concluiu, enquanto eu acendia seu cigarro. — É, é possível que seja isso. Ela está em que hospital? Na Clínica da Cruz Vermelha? Lá? É, fica bem perto do jardim zoológico. Talvez fosse bom você conversar com um dos médicos. Dizer o motivo por que ela caiu da cadeira. O que mais você poderia fazer?

Ele soltou a fumaça dando a impressão de que suas recém-produzidas ideias se desfaziam no ar antes mesmo de conseguirem ser discutidas. Deixei-o com seus pensamentos e fui ao banheiro, onde fiquei observando meu rosto no espelho. Desde que completei 30 anos, tenho a impressão de murchar dia a dia, e agora, mais uma vez, minha aparência me deixava histérica. Aproximei-me do espelho até ficar embaçado com a minha respiração. Depois, afastei-me de novo e comecei a aplicar um creme antirrugas. Era o meu próprio creme, já que os cosméticos haviam desaparecido da prateleira de um dia para outro, algo que eu lamentava muitíssimo. Eu tinha colocado a escova de dente e o creme antienvelhecimento no lugar que ficara vazio, mas ambos davam a impressão de estarem perdidos ali.

Passamos o domingo de manhã lendo. Folheei o catálogo de uma nova exposição, mas acabei colocando-o de lado. Meu pensamento sempre se voltava para Ines; vinham-me tantas perguntas e, aos poucos, compreendi que muitas respostas que eu achava ter encontrado tinham que ser revisadas para que se adequassem melhor às perguntas. Mais tarde, Richard me desafiou a uma partida de xadrez e, apesar de ele tentar me deixar ganhar, acabei perdendo. Depois disso, saímos. Ao voltarmos, Richard de repente quis consertar o aparelho de som, que estava com defeito há semanas.

— Você tem que fazer isso agora? — perguntei.
— Tenho, senão não vou ter paz.
Dava para entender.

Depois de um tempinho, fui dar uma olhada pela janela. O crepúsculo cobria o dia, só se discerniam alguns matizes de cinza e, de repente, consegui parar de pensar na sensação que minha vida me dava até agora, fosse ela boa ou ruim, pois consegui imaginar, de supetão, que não tinha corpo físico, e sim que fazia parte da noite, sem contornos e com grande leveza.

A caminho da entrada da clínica, ouviam-se os gritos dos animais, suas gralhadas e balidos, mas assim que se passava pelas portas giratórias e se chegava ao saguão de entrada reinava o silêncio. A recepcionista sorriu e disse que a senhora Franzen se encontrava no quarto 311, e continuou a preencher a lista com a qual se ocupava antes de minha chegada. Andei, sem fazer barulho, pelo corredor, que cheirava a desinfetante e camomila; a cada metro que percorria, mais devagar me movimentava. Aquele corredor estéril me fez pensar na conversa que tive com a corretora que alugou o apartamento para mim. Antes, ela havia me mostrado outro imóvel, com jardim, e nunca consegui deixar de achar que ela não tinha a intenção de alugá-lo, principalmente não para mim. De pé, na varanda, fiquei olhando para as formigas que se movimentavam sobre os ladrilhos no sol outonal. A corretora fez cara de desespero e disse:

— Pois é, elas comem de tudo: folhas, fiação, até mesmo o emboço da casa.

Ela ficou me encarando, contendo-se com dificuldade, como se estivesse a ponto de explodir. Continuei em silêncio, já que não tinha nenhuma ideia de como combater insetos. Ela se recompôs.

— Bem... É muito difícil conseguir se livrar delas — continuou.

Deixei de me interessar pela praga de formigas, já que também não estava interessada em um apartamento no andar térreo.

Ines estava em um quarto com duas camas, sendo que a cama ao lado da sua estava vazia e desarrumada.

— Oi! — cumprimentou ela, com a cabeça afundada no travesseiro. Sua perna esquerda, engessada, se encontrava pendurada em um aparelho de imobilização. — Que bom que você veio.

Seus lábios estavam azulados; o olhar, sem energia. Poderia ter sido o rosto de uma moribunda.

— Você está com uma aparência ótima!

Ines deu de ombros, fazendo com que as cobertas escorregassem. Ela estava usando uma blusa branca que realçava ainda mais sua palidez. Sentei na beirada da cama e coloquei a mochila aos meus pés. O presente dentro dela não combinava bem com o que eu estava para dizer.

— Ines... — comecei meu sermão acanhado, impossível, risível. — Em breve você vai ver que ainda há outras coisas na vida além dessa doença... — E continuamos dessa forma: eu falava, ela assentia, com um misto de prazer e desprezo, como se eu estivesse dizendo exatamente aquilo que ela sabia que ouviria e provavelmente era isso o que eu estava fazendo. Mas eu ainda tinha outro ás na manga. — Trouxe uma coisinha para você — anunciei, sorrindo misteriosamente.

— Se precisar de um vaso — respondeu ela, com cansaço e desinteresse incomensuráveis —, teremos então que chamar a enfermeira.

Sacudi a cabeça. Não, não eram flores que eu trazia na mochila. Levantei-a e deixei que ela desse uma olhada lá dentro. Ela deu uma gargalhada.

— O que você está tramando?

Seus olhos se transformaram em fendas desconfiadas. Ela não conseguia acreditar; nem eu, naquele momento. Tentei me lembrar de qual tinha sido minha lógica ao entrar na loja de bebidas para comprar a garrafa de uísque, de marca boa e cara, para garantir certa dignidade ao ato.

— Bom... Acredito que seja difícil para você eliminar a bebida de uma hora para outra e não queria que você pedisse para outra paciente comprá-la para você. Só por isso. Mas, mesmo assim, é óbvio que, com ajuda profissional, você vai ter que parar de beber de uma vez por todas, e rapidinho.

Enquanto dizia isso, tirei a garrafa do embrulho e a coloquei na mesinha de cabeceira, onde exibia sua barriga dourada e brilhante pelo quarto, cheia de si. Passei a mão no vidro frio. Mas o que eu havia omitido era o fato de não querer que Ines se humilhasse ainda mais. Ela assentiu. Não me incomodei por ela não demonstrar alegria, senão teria achado que cometera um erro. Ela disse para eu pegar a caneca com a escova de dente que estava na prateleira.

— Sirva uma dose para mim, por favor.

Dei-lhe a caneca pela metade e ela a bebeu como a vi beber tantas vezes. Desde então, convenci-me de que dá para reconhecer um alcoólatra logo no seu primeiro gole. Seu rosto readquiriu uma coloração natural, como se eu tivesse lhe dado remédio. Seus olhos brilhavam como se uma cura milagrosa tivesse acontecido. Veneno e remédio, a mesma substância, só dependendo da dose.

— Você acha mesmo que Kai lhe abandonaria? — perguntei sem rodeios.

— Estranho, mas eu tinha vontade de falar quando a via beber. Ela assentiu.

— Ele vai me deixar assim que eu melhorar. Só não tem coragem ainda.

Fiquei surpresa com a resposta e quis me certificar.

— Você ouviu bem — respondeu-me. — Ele é um fraco. Depois vai procurar outra mulher doente, uma que precise de sua ajuda e cujos males ele possa curar. Se não der certo, também não será culpa dele.

Sua fala era arrastada, em um tom de desalento, que deveria ter me soado antipático, mas não soou. Por quê? Pensei no meu pai e nos seus discursos inconsoláveis, e, na minha imaginação, eu era a única pessoa que o compreendia. Um tanto desconfortável, olhei em volta do quarto branco de hospital. Meu olhar pousou na cama desarrumada ao lado. No pé da cama havia um pulôver de lã cinza, bolorento, que certamente fedia a cachorro, a cavalo ou a ambos.

— A propósito, Kai tem muito a fazer no momento. Não queria pedir a ele. Será que você poderia buscar algumas coisas no meu apartamento? Livros, algumas camisetas, meu xampu, essas coisas... — Ela estendeu o braço e tirou papel e caneta da gaveta da mesinha de cabeceira. — Vou fazer uma lista para você saber onde encontrar o quê. Na escrivaninha, no escritório, tem um saco de Hugendubel cheio de romances policiais. Engraçado eu tê-los comprado justo agora, como se tivesse adivinhado. — Seu riso era seco e logo se transformou em tosse. — Tem uma planta na cozinha. Se ela já estiver morta, pode jogá-la fora; caso contrário, no banheiro tem um regador.

Ela anotava, os lábios brilhavam úmidos, os cabelos caíam sobre o peito e o papel, e ela os afastava, impaciente. Fiquei triste com o que Ines dissera sobre a planta. Minha irmã parecia tratar suas coisas com o mesmo descaso com que cuidava de si mesma. Decidi regar a planta de qualquer forma.

— Voilá! — Ela me entregou a folha de papel. — A chave de casa deve estar no meu sobretudo.

Levantei, obediente, e fui até o armário. Nesse momento, a porta se abriu e um braço engessado apareceu. Atrás dele, seguia a cabeça pequena de uma mulher, com cabelo castanho e curto, um dos olhos inflamado e vermelho.

— Ah! — exclamou ela, com voz aguda e decepcionada. — Você tem visita. — Ela me olhou aborrecida.

— Pois é, você perdeu essa — respondeu Ines.

A mulher entrou no quarto. Ela havia convenientemente pendurado uma bolsa de juta sobre o braço engessado, na qual se viam muitas revistas. Ao chegar à cama, retirou a bolsa com a mão saudável.

— Recebi todas elas de presente. Não comprei nenhuma. — Ela brilhava de orgulho. — Quando eu terminar, passo para você.

— Não precisa — respondeu Ines —, minha irmã acabou de prometer que vai trazer algo para eu ler.

— A irmã é você?

A mulher começou a me avaliar. Pelo visto, tratava a todos com a mesma informalidade e não se apresentava a ninguém. Balancei a cabeça pensando que aquela companheira de quarto, sem dúvida, não teria se incomodado de sair para comprar bebida para Ines, contanto que pudesse ficar com o troco. Pelo visto, minha decisão tinha sido acertada. A mulher se deixou cair sobre a cama com grande estardalhaço e começou a organizar à sua volta as revistas conquistadas, com sonoros estalidos, até formar um ninho artificial. Mas, em vez de abrir uma delas, pegou uma escova e começou a escovar o cabelo enquanto olhava fixamente para nós. O branco de seus olhos parecia amarelado perto do branco dos lençóis. Ela não parecia pertencer ao grupo de pessoas que gosta de conversar, e sim ao que gosta de ficar escutando. Levantei minha mochila de couro vazia e me aproximei da cama de Ines. Pela primeira vez depois de muito tempo me despedí dela com um abraço.

No jardim zoológico havia poucos visitantes. Alguns feixes de luz ainda iluminavam os caminhos estreitos. Mecanicamente, eu parava diante de cada jaula e de cada cercado para ver o que abrigavam. Muitos estavam vazios, talvez por causa do frio. Dois ursos estavam sentados diante de um rochedo, parecendo entediados. Um dromedário se aproximou de mim, atrás da cerca. Lhamas, cabras, pôneis e javalis. Do aviário vinha uma gritaria medonha. Dei uma olhadinha. Cacatuas, canários e araras desfilavam suas asas vermelho-morango e verde berrante. Em uma área cercada, rasa e comprida, cuja grade só chegava até a minha cintura, uma horda de porquinhos-da-índia se engalfinhava por folhas de alface. Quando não eram empurrados por outro companheiro, os porquinhos comiam com a uniformidade soberba de pequenas máquinas, curvadas e cruéis, embora a quantidade de folhas não parecesse diminuir, pois, tão logo arrancavam uma, brotavam novas no comedouro. Quanto mais olhava, mais detalhes dos bichinhos registrava e mais monstruosos eles me pareciam.

Não demorou muito e perdi a vontade de ficar ali. Passei pela jaula das feras em direção à saída. Começava a escurecer. Acenderam a luz do aviário. Sobre as piscinas vazias das focas e dos pinguins deslizavam sombras violetas e cinzentas, levemente fosforescentes. Meus passos rangiam no cascalho enquanto me aproximava da porta giratória. Não consegui descobrir qual era o animal que havia berrado tanto antes.

Quando cheguei ao prédio, destranquei a porta e entrei no corredor, onde a iluminação de neon se acendeu automaticamente. Pisquei. No primeiro degrau da escada, havia um catálogo da *Quelle* que não estava endereçado a mim. Levei-o para casa, coloquei-o com dificuldade na escrivaninha e comecei a folhear o índice. Roupa infantil. Travesseiros. Material de desenho e pintura. Achei! Página 127. Lá estava o cavalete profissional que Ines tinha ganhado no aniversário de 13 anos. Ele ocupava metade da página par; diante dele, uma modelo sem graça, de blusa branca, segurava o pincel e a paleta meio sem jeito, como se tivesse acabado de achá-los na rua e não soubesse bem o que fazer com aqueles objetos. Arranquei a página com cuidado. Comecei a andar de um lado para o outro na sala. Fui para a cozinha, onde abri um pacote de batata frita. Acabei deixando cair migalhas no chão enquanto andava.

"Os livros estão no escritório", Ines havia dito. Se esperava encontrar o quarto do Barba Azul, decepcionei-me. Uma escrivaninha vazia, a não ser pela sacola de plástico com os livros. Um quadro de cortiça cheio de percevejos coloridos. Dois post-its estavam grudados na parede ao lado, que de outro modo era desprovida de qualquer enfeite. Em um dos post-its estava o número do meu telefone. No cesto de papel havia algumas folhas amassadas que peguei e alisei com cuidado. Elas estavam cobertas de rabiscos formando pequenas imagens e figuras geométricas, riscos relacionando algumas palavras isoladas; a letra era desordenada e borrada, havia palavras sublinhadas e cortadas e, entre elas, pululavam homenzinhos feitos com linhas, estrelas estranhas e uma dúzia de outros símbolos misteriosos. Também encontrei algumas páginas fotocopiadas de um livro de história da arte, imagens de deuses variados. Olhei para uma imagem de Apolo e li a legenda: "Apolo, senhor do universo e senhor do tempo representado com as Musas, os planetas e as três Graças. As três cabeças de animais da serpente simbolizam os três conhecidos aspectos do tempo: o leão é o presente, o lobo é o passado e o cão é o futuro". Fiquei ali observando a folha por muito tempo e me lembrei do que Kai havia dito. Na gaveta da escrivaninha encontrei diversas pastas. Folheei rapidamente a primeira. Extratos bancários. Contas. A rescisão do contrato de um apartamento na rua Glauburgstrasse de meio ano atrás. Devia ser o ateliê de Ines. Coloquei a pasta de volta e fechei a gaveta. Peguei o saco e já estava para ir embora quando escutei um barulho. Uma voz grave e madura falava no cômodo do lado, a sala. Fiquei parada, o medo tomando conta de mim. Foi quando percebi que o intruso mencionava nova queda de temperatura. Mesmo assim, abaixei-me e descalcei as botas antes de ir até a sala na ponta dos pés, onde a televisão jogava uma sombra azul no quarto escuro. O rosto do locutor do noticiário desapareceu naquele instante e a música de um filme começou a tocar. Aliviada, deixei-me cair no sofá, olhei para a televisão-fantasma e respirei fundo por alguns segundos. Estava quente no apartamento, só agora me dei conta disso, e, apesar de ter tirado os sapatos, eu ainda estava com meu sobretudo, tal a pressa que tive durante minha visita no escritório. Também tirei o suéter que vestia sobre a blusa e larguei tudo no sofá.

Fui ao banheiro e parei diante do espelho. A luz fosforescente que as lâmpadas longilíneas presas à parte superior do armário espelhado derramavam tingia a pele do meu rosto de um amarelo-esverdeado. Eu vestia uma blusa amassada, uma saia e meia-calça. Devagar, fui tirando uma peça após a outra, tudo, menos a roupa de baixo, mantendo contato visual com o verdor que representava meu rosto. Desviei o olhar daquele reflexo risível e comecei a andar de um lado para outro com os pés nus. A beirada da banheira brilhava; havia porta-toalhas na parede com toalhas desordenadas e um roupão jogado no chão. Sobre a calefação, Ines colocara roupa para secar: calcinhas pretas e sutiãs, cujas alças caíam sobre o radiador como patas de aranhas. Toquei um conjunto particularmente bonito, com pequenos botões de flores pretos bordados, pelos quais transparecia, cá e lá, o fundo cor de casca de ovo sobre o qual estavam costurados. Estava seco. Tirei a minha roupa e vesti a dela. Devagar, virei de um lado para outro diante do espelho. Cabia. Puxei o cabelo para trás e fiz uma trança solta, como Ines fazia de vez em quando, e a prendi com um elástico que encontrei na pia. Sentei na beirada da banheira e comecei a pensar

A música que vinha da sala era um chilrear exageradamente sentimental até uma voz autoritária dizer algo que não consegui entender bem. Ainda sentada na beirada da banheira, fiquei puxando o bordado do sutiã, coloquei um dedo sob a taça esquerda e comecei a fazer círculos em meu mamilo. Curvei-me um pouco para a frente ao fazer isso, para não ver outra coisa senão os azulejos homogêneos verde-limão, e comecei a me lembrar de todos os homens com quem havia dormido. Eles tinham sido, com exceção de Richard, bem mais velhos do que eu. Isso se devia ao fato de eu ter ido a Roma para estudar. Naquele meio, entre as estudantes romanas de História da Arte, era moda cultivar certa gerontofilia, que privilegiava homens entre 40 e 60 anos sobre nossos colegas da mesma idade, aqueles papagaios com os cabelos tingidos de verde e laranja.

Ouvi a chave girar na fechadura e depois passos; era Kai atravessando o corredor. Primeiro passou por mim, mas voltou e, por instantes, ficamos nos olhando, mudos. Sem deixar de me fitar e sem piscar, ele explicou que tinha voltado para desligar a televisão. Respondi que era bom mesmo, porque ela ainda continuava ligada. Ficamos escutando juntos. Ouviam-se gritos, sirenes de carros de bombeiro e da polícia, mulheres berrando, crianças chorando, todas as platitudes acústicas de um filme de ação. Como se fizesse parte do filme, Kai aproximou-se de mim com o rosto determinado, pegou meu pulso e me fez levantar da banheira. Surpresa, cravei os olhos em seu rosto. Era como se estivesse flutuando no ar por instantes, na cabeça a última imagem gravada, os azulejos verde-limão, um dedão sem esmalte, o bico de um sapato, três coisas aleatórias entre tantas outras no ambiente, que minha visão interior fixara em uma natureza-morta e tornara partes integrantes entre si daquele momento em diante. Apenas um detalhe, mas de significado colossal para mim naquela hora. Enquanto Kai me carregava nos braços até a sala, senti, de repente, que dinâmicas semelhantes de fusão ocasional poderiam se repetir em qualquer outra situação. Sempre havia visto minha vida como uma sequência frouxa de fatos desencadeados e, naquele instante, percebi que aquela última oportunidade — da qual já estava desistindo — de ter uma vida conexa como um todo ainda não tinha desaparecido.

 Comigo nos braços, com cuidado, Kai foi para a sala e lá, até a televisão, que ele desligou com o bico do sapato, flexionando atleticamente os joelhos, mas não sem esforço. Seus olhos escanearam a sala, já tão conhecida para ele, à procura de um lugar que ainda não tivesse história, um lugar no qual ele pudesse me colocar. Hesitando, dava um passo à frente, outro atrás; a situação, havia pouco erótica e divertida, ameaçava dar uma guinada perigosa; eu já começava a ficar tensa em seus braços e isso não lhe passou despercebido; por puro desespero e falta de alternativa, decidiu que nos amaríamos no chão. Em vez de me deitar primeiro, ajoelhou-se comigo no colo e descemos juntos. Kai balançou e eu fui atirada na direção dele. Tentei jogar todo o meu peso apenas sobre seus ombros para criar um centro de gravidade estável, joguei os braços em torno de seu pescoço, encostei o rosto no seu peito e nos aproximamos do chão. Uma vez lá, levantei de imediato a cabeça para beijá-lo. Enquanto nos beijávamos, estirados ali em uma devoção mútua, procuramos uma posição indefinida, nossos corpos iluminados pela luz escassa vinda do lado do sofá. Afastando seus lábios dos meus, ergueu-se um pouco para livrar-se da roupa; não o ajudei, só fiquei olhando e, justamente quando ele retirou por último o relógio de pulso, um cachorro começou a latir no apartamento de cima, um latido selvagem e esganiçado que não parava nunca e que continuou até mesmo enquanto eu passava a mão em suas costas, costelas, cintura e quadris. A certa altura, não ouvi mais nada, ofegávamos alto demais e meus ouvidos começaram a zunir como se estivesse nadando em águas profundas, indo para lugares desconhecidos que, por algum motivo, não me assustavam.

Não conseguia mais discernir onde nos encontrávamos e a sala não expressava nenhuma opinião a nosso respeito; sentia o olhar penetrante, indiferente e fixo das paredes, que não mais limitavam um apartamento sem dono, tornando-se apenas palco para um rito milenar. Não nos cansávamos, ou, talvez, não quiséssemos parar para não precisar pensar, não queríamos que o desejo se tornasse uma lembrança; afinal, quem é que acredita em desejo lembrado? Assim, o campo de força que se formava entre nós começou a nos jogar um contra o outro e a nos separar um do outro, sempre, cada vez mais, até que, de repente, paramos como se tivéssemos sido desligados por uma energia superior. O cachorro continuava latindo. Deitados, com os rostos colados, seu cabelo cobrindo meus olhos, minhas pálpebras piscando, olhei para o lado, vi os pelos úmidos grudados no seu peito e pensei que o acontecido não levara muito tempo, tinha sido apenas impressão minha, tinha sido rápido, ardente, sem pausas. Esse apossar-se um do outro não tinha muito a ver com carinho.

Não, não tinha nada a ver com carinho, embora, por estranho que pareça, essa palavra não quisesse sair da minha cabeça. Mas agora, enquanto estávamos entrelaçados ali, sem nenhum resquício de nervosismo, parti do princípio de que havia espaço para carinho. Eu acreditava piamente nisso, da mesma forma que acreditei desde o início — algo que só agora ficou claro para mim — que eu era a pessoa indicada para lhe dar paz, aquela paz e satisfação inacreditáveis que emanavam dele naquele momento, ao meu lado. No meu entender, elas nada tinham a ver com conhecimento ou esperança, que existem independentemente de espaço e tempo, obscuros, dilacerantes, em uma solidão por assim dizer dissolvida, em um desterro eterno para o isolamento. Em um rompante inesperado, Kai, zangado, disse: Esse maldito cachorro.

— Esse maldito cachorro —, repeti para mim mesma, baixinho e incrédula. Ele conhecia o cachorro e não só isso, expressara a extrema familiaridade com a situação; afinal, havia acabado de transar com uma mulher enquanto o cachorro latia. "Maldito cachorro." Uma familiaridade que me magoou tão profundamente, para quem tudo aquilo era novidade, a ponto de me fazer chorar.

— Qual o problema? — perguntou Kai.

Ele parecia preocupado, destruído até, e pedi que me trouxesse um copo de água. Imediatamente ele se desprendeu de mim e foi para a cozinha, os passos nus ressoando no assoalho. Quando voltou, eu já estava deitada no sofá, olhando com firmeza para o teto; recuei um pouco para abrir espaço, e mais um pouco, porque ele queria se deitar ao meu lado, e assim ficamos, imóveis, tortos, eu em seus braços, e um delírio silencioso me forçando a um choro mudo e contínuo.

Quando acordei, não sabia bem onde estava. Grande parte do recinto estava na penumbra. Levantei com cuidado a cauțrā. Na mesa diante do sofá, havia dois copos de vinho, escuro como sangue de leão. Um copo estava pela metade, o outro, cheio. Deixei o olhar percorrer o local. Kai se encontrava do outro lado da sala, sentado à mesa de jantar. Ele já havia se vestido e começado a trabalhar. À sua frente, havia pastas, diversos lápis e uma bandeja com uma xícara e bule de chá. Fiquei escutando sua respiração, inalações quase imperceptíveis que me acalmaram.

Kai virou para mim, sorriu e disse que eu havia tido um sono inquieto e que ele estava com fome. Ele sugeriu que fôssemos comer algo.
— Conheço um bistrô que ainda está aberto.
Eu quis saber as horas e ele respondeu que eram quase duas. Sem esperar minha resposta, ele foi ao banheiro; ouvi água correndo. Fui à mesa onde ele estivera trabalhando, lápis e uma infinidade de negativos espalhados; em uma folha de papel branca, uma seleção de fotos, 35C, 26C, 19A e assim por diante. Suspendi uma das folhas marrons contra a luminária da escrivaninha, que ele parecia usar temporariamente para esse fim. Vi frascos de xampu e imagens de uma paisagem que não consegui ordenar sob uma dada região ou época; ela parecia simplesmente dormir ali. Folheei, procurei, abri a pasta seguinte; foi onde encontrei todas aquelas pessoas idosas, fiquei observando os ornamentos ovais, redondos e angulosos que representavam seus rostos. Todas aquelas pequenas rugas e sulcos, as tênues linhas que separam o olho da pálpebra, o lábio da pele, minúsculas linhas de sombra, e então, ela mesma, a velha, na expressão dos olhos algo como dor iluminada. Kai tinha marcado aquela foto pequena, que também me agradara de saída, com um círculo vermelho; 22D, era esse seu número.

Nós nos vestimos e fiquei enrolando; já tinha a chave na mão, mas, em vez de ir até a porta, fiquei parada no corredor, até

Kai, impaciente, puxar minha mão. Mas nem assim me mexi, não conseguia. Permaneci durante longos segundos ali, imóvel como uma escultura, com o sobretudo aberto, paralisada com a súbita tristeza que tomara conta de mim. Kai soltou minha mão e repetiu que tínhamos que ir agora, senão ele acabaria morrendo de fome. Apontei para a minha mochila, que ainda se encontrava no corredor.

— E depois, quero dizer, voltamos para cá? — perguntei.

Ele confirmou que poderíamos deixar nossas coisas ali. Apesar disso, me curvei e tirei de dentro dela chaves, carteira e bloco de anotações. Saímos noite adentro. Tive que apertar os olhos, que começavam a lacrimejar por causa do frio, e exalei com vontade, produzindo uma pequena nuvem de vapor que começou a subir. Acompanhei-a com o olhar, depois mais para cima, olhei para o apartamento de Ines, as janelas escuras agora, menos uma: tínhamos nos esquecido de apagar a lâmpada da sala. Virando à direita, dava para ver, de imediato, o bistrô na esquina da rua Glauburgstrasse, o único local iluminado nas redondezas, que, no mais, se encontrava às escuras; era uma área estritamente residencial. Da noite passamos para a efetividade brutal das lâmpadas fluorescentes, que sugavam a cor do que se encontrava no recinto, derramando sua luz branca sobre tudo. A garçonete, uma jovem, parecia um fantasma. Éramos os únicos clientes. Sentamos a uma mesa minúscula para duas pessoas. Ela ficava tão perto da parede que Kai a levantou e a afastou um pouco. Era de alumínio e parecia não pesar nada. Levantei a cabeça, o grande espelho na lateral do recinto dobrava seu movimento. Seu rosto também estava pálido. Desviei logo o olhar.

A garçonete se aproximou de nossa mesa, balançando os braços como se acompanhasse uma melodia interior, e retornou igualmente descontraída.

— Venho aqui, às vezes, à noite — informou Kai. — Moro em Westend. — Ele abriu um envelope de fósforos. — Rua Siesmayerstrasse, você conhece? Fica bem em frente da Palmengarten. Deveríamos passear por lá um dia desses. — Ele falava e fumava com prazer.

Eu estava nervosa e esperava que sua voz calma me contagiasse; primeiro, deixei que continuasse falando. Meu desejo se tornou realidade, ele falava de si, mas eu não conseguia me concentrar; não demorou muito e ele percebeu, e passou a bebericar a cerveja em silêncio. Kai havia arregaçado as mangas da camisa, de forma que pudesse ver seu relógio. Eram quase três horas. Na redação, Richard me perguntaria por que eu parecia tão transtornada. O sanduíche chegou, a jovem o colocou entre nós e, na minha frente, dispôs talheres enrolados no guardanapo. Toquei os palitos plásticos, cor de bombom, espetados em distâncias regulares no sanduíche para mantê-lo fechado.

— O corpo de São Sebastião — comentou Kai, e cortou o sanduíche com a faca. Comecei a chorar de novo. Ele apertou os olhos.

— Me diz uma coisa, isso é um mal crônico? Você sempre chora uma, duas vezes por dia?

— Não! — solucei. — Não! — Passei a mão pelo rosto.

Seguidos por uma onda de frio, outros clientes entraram no local. Um casal, pelo visto, pois estavam de mãos dadas.

Vestidos com casacos estofados, bonés de beisebol e com os cabelos curtos, eles se pareciam tanto, que levou um tempo até eu distinguir qual dos dois era o homem e qual era a mulher. Ela usava sandálias com meias de lã, ele, tênis. Depois de passarem pela porta, ainda de pé, enquanto escolhiam onde se sentar, uma mão logo procurou a outra, como se houvesse um vendaval aqui dentro e um deles pudesse ser carregado para longe. Eles se sentaram exatamente ao nosso lado, embora o local estivesse vazio; agora, mantinham as mãos dadas sobre a mesa, e a parte da parelha que eu julgava ser mulher olhou para o meu rosto choroso e assentiu como se me encorajasse, pensando, talvez, ser uma briga de amantes; compreensível, algumas frases rudes e uma desculpa banal, às três da madrugada, isso acontece, e eu comecei a me irritar. Os dois pediram champanhe, bem alto, o que não combinava em nada com o local, e eu me lembrei do que o jovem Flett havia dito: quem sabe eles estavam passando pelo momento mais romântico de suas vidas. Kai tentava serrar o pão.

— Pegue um pedaço, se quiser — ofereceu.

Estendi a mão na direção do garfo, contendo com dificuldade o impulso de mostrar a língua para a mulher que do garfo fitava enquanto esperava pela bebida. Não é que a merda do garfo escorrega da minha mão e cai no chão? O tilintar ressoou alto no recinto. Eu disse "opa", como um palhaço que deixa cair seus malabares, levando a garçonete a me trazer um novo par de talheres envolvidos em outro guardanapo de pano. Ela sacudia o conjunto no ar como uma pequena bengala.

— Ok! — exclamou Kai, tirando a carteira do bolso. — Já está tarde, vamos dormir um pouco.

Assim que a porta havia se fechado atrás de nós e estávamos na rua deserta, comecei a gritar para um Kai estarrecido:

— Você não pode fazer isso, não pode mesmo, como se fosse a coisa mais normal do mundo!

E ele, que tentava colocar o braço em volta dos meus ombros, olhou-me: primeiro, estupefato; depois, com aversão; e sim, contrariado. Respirou fundo várias vezes, até que, acentuando cada palavra, como se falasse com uma idiota, disse:

— Não é mesmo! Levo tudo muito a sério, tão a sério que não acho que poderíamos resolver o assunto ainda esta noite. — Ao dizer isso, recuou um passo, cerrando os punhos e afastando os braços ligeiramente do corpo, de forma que sua silhueta se assemelhava a um foguete ainda sobre a estrutura de apoio.

— Você vai ter que se decidir — cobrei. — Você não percebe isso?

— O que fizemos já é uma decisão — respondeu ele.

— Por ela ou por mim? — rebati, cínica.

— Isso eu não sei — confessou ele, sem ter aplacado nem um pouco sua ira. — Por ela, acredito que não.

Ficamos nos olhando durante um tempo.

— Pensei — continuou Kai —, e você também vê dessa forma, que deveríamos considerar esta noite, esta madrugada — corrigiu ele —, simplesmente como um faz de conta.

— Um faz de conta — repeti, irônica, batendo o pé.

Era tudo representação. Eu sabia o que ele queria dizer. Já sabia de antemão e, de propósito, estraguei tudo. Kai se aproximou de mim e, tomando meu rosto nas mãos, perguntou o que ele deveria ter feito.

— Não — respondi. — Não sei o que você deveria ter feito. Mas seria horrível saber que você seria capaz de esquecer a Ines.

— Não — disse Kai, soltando meu rosto. — Sempre a vejo quando olho para você. Você está embutida nela. Precisei dela para conhecer você. Ela, você entende, ela foi a precursora.

— Não — afirmei, com uma calma gélida.

Dei meia-volta e parti na direção oposta, sem ser detida.

Passei o dia na redação completamente exausta. À tarde, antes de as coisas esquentarem, dei uma olhada em outros jornais à procura de temas que também poderiam ser abordados sob o tópico "sociedade". Uma manchete do jornal *Bild*, que certamente não se prestava para isso, chamou minha atenção. Li: "Um pinguim viajou meio mundo involuntariamente." Ele ficou preso na rede de um navio-fábrica japonês, em águas sul-africanas, e acabou na câmara frigorífica com centenas de peixes. Em uma temperatura vinte graus negativos, ele sobreviveu no seu gelado cativeiro alimentando-se de peixes até ser descoberto nas Ilhas Canárias, quando o navio foi descarregado. Agora, ele podia se recuperar em Tenerife, no maior cercado de pinguins do mundo. Fiquei olhando para a foto ao lado do artigo: um pássaro congelado tentava colocar a cabeça embaixo da asa no momento em que o fotógrafo batera a foto. Recortei o artigo; talvez ele animasse Ines. A caminho de casa, ainda comprei uma garrafa de uísque, mandei embrulhar para presente e a despachei para o hospital por um serviço de entrega. O vendedor, cujo elegante bigode balançava quando ele ficava na ponta dos pés para alcançar as prateleiras mais altas, ainda deu tchauzinho quando saí da loja.

— Alguém vai ficar muito feliz — disse ele, no final.

— Sem dúvida — respondi.

A palavra "feliz" chegava a ser fraca demais.

Como esperava, encontrei Kai no apartamento de Ines, à noite. Tinha usado a chave e pretendia abrir a porta de mansinho, mas não fui silenciosa o suficiente, pois Kai apareceu assim que entrei.

— Eu sabia que você viria! — exclamou ele, triunfante. — Você deixou sua mochila aqui.

A mochila continuava no cabideiro. Eu poderia tê-la pegado, simplesmente, e ido embora. Ela estava quase vazia e percebi que Kai sabia disso.

— Ontem, tirei tudo o que tinha de importante de dentro — justifiquei-me.

— O que tinha de importante, entendo... — disse ele, ajudando a desabotoar meu sobretudo.

Estávamos deitados lado a lado e conversávamos — dois currículos que tinham que se fundir em algum ponto. O quarto estava tão escuro que nem precisei fechar os olhos para conseguir imaginar o que ele descrevia. Começando pelo estudante de fotografia que se aprofundava na vida, passando pelo motorista de táxi que conheceu Ines, o círculo se fecha, e só se tivéssemos nos levantado e observado de longe teríamos conseguido perceber que não estava completo. Daquele jeito, pelo menos até certo ponto, visto da cama, era, sim, exatamente como o meu; e esses dois círculos perfeitos formavam — como não poderia deixar de ser — uma interseção. Só a ideia de termos reconhecido a existência dessa interseção reacendeu nosso desejo, um desejo ainda mais descontraído do que da primeira vez.

Contei coisas que me reprimiram, em tempos idos, durante os quais eu tentei ser como Ines, enquanto ela não demonstrava o mínimo interesse por mim. Contei sobre o tempo em que eu era rechonchuda e Ines, a princesa, a minha princesa. Eu, em contrapartida, não era ninguém, ninguém especial, e isso continua assim ainda hoje, quando me encontro com ela. Não acredito que ele compreendesse o que estava tentando dizer, mas não fazia diferença. Contei sobre os homens da minha vida: meu pai, meu casamento. Sou divorciada, um italiano, um erro, ponto. Eu lhe permitira fazer muito mais com meu corpo do que jamais pensara possível.

— Não diga! — disse Kai, erguendo-se e encostando-se na parede.

Ele estaria enciumado?

— Digo sim! — respondi, aceitando, excepcionalmente, ambas as ofertas: vinho e cigarro.

Vi uma imagem diante de mim, fugaz e bruxuleante como parte de um sonho; tentei fixá-la para me lembrar do resto da cena. Ele poderia ter sido um daqueles atores que criam confusão em um seriado médico, um tipo exótico, até seu nome soava estrangeiro, Dr. Jadu. Um rosto bronzeado, inchado, mas com um sorriso que o mantinha dentro das proporções. Mal fiquei na sala de espera.

— A senhora veio me ver?

Eu acabara de completar 16 anos. Havia lido que todas as adolescentes nos Estados Unidos faziam aquilo. Se pudesse, teria feito tudo de uma vez. Teria preferido fazer uma lipo em tudo que podia ser lipoaspirado: coxas, cintura, braços... De manhã, vestira uma blusa de mau gosto, extremamente apertada, e uma calça *stretch* horrível para que o cirurgião compreendesse, de uma vez, o que eu queria. Mas ele só me olhava nos olhos, como se quisesse usá-los para operar minha alma.

— E aí?

Ele mandou a assistente sair com um movimento despretensioso do braço, pelo que lhe fui grata. Aliás, tudo nele dava a impressão de descontração: o jaleco branco, fechado apenas por um botão, dava a impressão de que o tivesse vestido às pressas; com aquela pele e os olhos escuros e descansados, parecia estar chegando de férias, de um jogo de golfe ou do seu iate particular. A aparência de gigolô não me enganava. Eu tinha me informado, fazendo de conta que era jornalista — algo que, afinal, eu me tornaria um dia — e ligado para o Conselho Regional de Medicina. Sua reputação era excepcional. Tratava-se de uma daquelas pessoas inteligentes que transformavam sonhos da moda em dinheiro, e eu, tão jovem ainda, era uma daquelas bobinhas que caía na conversa. Sem delongas, desnudei meu braço, levantei-o como uma guarda de trânsito que mandava os carros pararem e, com a outra mão, comprimi a massa de carne na parte inferior.

— Isso tem que sumir — expliquei.

Dr. Jadu também me tocou e examinou, igualzinho à minha mãe quando examinava kiwis e abacates fazendo compras.

— Quanto tempo até ficarem maduros? Quando dá para comer?

Enquanto aguardava o veredicto do médico, minha impotência não diferia muito da de uma fruta.

— Bem... Temos um probleminha. Na verdade, isso é carne e não gordura, isso teria que ser cortado. — Ele me observava atentamente com seus olhos castanhos.

— Tudo bem! Pode cortar!

Pensei que ele fosse tirar logo sua agenda da gaveta e perguntar: "Então, quando você tinha em mente?" E eu teria respondido, encenando certo tédio: "Antes de março, se possível." Mas não aconteceu do jeito que eu esperava. Ele pegou um banquinho e me fitou com olhar sério. Aí começou a balançar a cabeça.

— O que quero dizer é que você ficará com cicatrizes enormes que chamarão a atenção de tão feias. Não a aconselho a fazer isso, de jeito nenhum.

— Mas daria para ser feito?

Nesse meio-tempo, havia me sentado e estendido minhas pernas abertas.

— Posso lhe garantir que muitos colegas certamente fariam o procedimento sem pestanejar. Há muitos colegas que fazem muita coisa.

Minha esperança cresceu. Ele percebeu e suspirou.

— Você é uma moça tão bonita e não sabe o que está dizendo. Você tem mesmo 18 anos? Bem, tanto faz. Isso aí... — Ele tocou minha coxa e acabei ficando toda arrepiada — ... Isso é carne. — Ele falava com um respeito quase religioso. — Não é possível que você não consiga ver, carne saudável, você deveria ser grata. Sabe, a maioria dos meus pacientes são vítimas de acidentes.

— Não acredito nisso — retorqui. — A moça na sala de espera parecia mais uma modelo.

— Tanto faz — retrucou, zangado. — Não vou fazer isso. E posso lhe avisar que, se você fizer, vai se arrepender para o resto da vida.

Cheguei mais tarde do que planejara. Só apareci no hospital perto de cinco da tarde do dia seguinte e murmurei uma desculpa enquanto tirava a parca. Meu uso já havia deixado rastros; percebi um pequeno rasgo na manga quando a pendurei na cadeira das visitas. Eu a tinha vestido para alegrar Ines, mas ela nem percebeu. Não que isso tenha me decepcionado. Para ser sincera, não era bem esse o motivo para vesti-la, e eu tinha desejado, na verdade, manter a ilusão de que poderia me desvencilhar de tudo que acontecia ao meu redor, da mesma forma que desta peça de roupa. Cruzei as pernas. Ao lado da cama de Ines, no chão, havia dois vasos com flores. Um pequeno, com um buquê de rosas; e mais um buquê colorido de crisântemos, lilás, vermelho, amarelo, manchas gritantes no branco silencioso do quarto. Ines repousava sobre os travesseiros, e nada indicava o que ela estivera fazendo antes de eu chegar: a televisão não estava ligada e também não havia nenhum livro à vista. Sua cabeça parecia ter encolhido, só chegava até a parte inferior do travesseiro; ergueu-a um pouco.

— É claro que você tem muito o que fazer na redação.

— E como! — exclamei, ficando surpresa pelo tom com que Ines dissera aquilo, com autocomiseração e, ao mesmo tempo, acusatório.

Ela me olhou com os olhos sem maquiagem e ordenou:

— Tira ela!

Como na primeira visita, abri a mochila e levantei o gargalo da garrafa. Um Highland Park, dessa vez 18 anos, e aguardado ansiosamente pela mulher diante de mim, a beberrona, minha linda irmã. Movi os olhos em direção à cama ao lado, onde a antipática companheira de quarto de Ines dormia com as costas voltadas para nós. Será que era tão simples assim?

— E essa daí? — perguntei.

— Não tem problema — disse Ines, exageradamente alto.

Tomando a garrafa nas mãos, deitou-a no braço dobrado sobre o peito, deixando a outra mão livre para tocar a etiqueta com o dedo, escorregá-lo pelo vidro até o gargalo e de volta para a etiqueta. Ela parecia relaxada, do jeito que ninava e acariciava a garrafa, como uma mãe com seu bebê. Fiquei constrangida.

— O que você queria me dizer? — perguntei.

Ines balançou a cabeça.

— Depois. Ali estão os copos. — De má vontade, soltou a garrafa e apontou para a pia. Ao lado da caneca com as escovas de dente havia copos. Coloquei dois sobre a mesinha de cabeceira de Ines.

— Bonitas, as flores — elogiei.

Ela soltou um "hã", dando a impressão de que nem tinha se dado conta das flores, porém o uísque estava agradando. Na cama ao lado nada se mexia ainda, embora a vizinha tivesse se mexido anteriormente, sem que eu tivesse notado, tendo em vista que agora dava para ver um chumaço de cabelo. A calefação fez barulho. Não ouvia nenhum som da rua; no corredor, escutavam-se passos rápidos e vozes exaltadas que seguiram adiante.

— Agora, está tudo bem! — disse Ines.

Mais um gole, novamente a mesma frase:

— Agora, está tudo bem!

Suas repetições me pareciam uma estupidez.

— Isso mesmo — respondi, agressiva. — Estamos todas bem.

Ines se deitou relaxada nos travesseiros.

— O que eu queria lhe dizer é que vou receber alta em uma semana. Prepare-se, agora vem a bomba. Conversei com uma enfermeira e eles estão procurando um lugar para mim em uma clínica.

— Você conversou com uma enfermeira? Verdade, mesmo? Fiquei toda animada.

— A bem da verdade, foi a enfermeira que conversou comigo — corrigiu Ines. — E imagina o que foi que ela perguntou? Se eu tinha esterilizado o lóbulo da orelha, o furo, com alguma bebida de alta concentração alcoólica. Ela costumava fazer isso sempre que algo inflamava. Claro que eu pensei que ela tivesse mexido na mesinha de cabeceira e estivesse sabendo de tudo. Só depois de abrir o jogo, percebi que ela era realmente ingênua a tal ponto. Lóbulo, haha!

Aproximei-me da janela, de onde podia ver o muro de pedra do jardim zoológico. Na frente, os visitantes estacionavam seus carros. Uma mãe soltou a filha da cadeirinha no assento traseiro e a colocou na calçada. A criança olhava amedrontada por baixo do gorro de lã. Como um robô, virei novamente para Ines.

— Onde? Quero dizer...

— Tem uma clínica de desintoxicação em Taunus. Vou para lá assim que receber alta daqui. Um médico do hospital interveio em meu favor.

Por instantes, sua autoconfiança marota brilhou de novo. Ela piscava, coquete, e eu ri.

— Eu sabia que seu talento para seduzir os homens não lhe abandonaria tão cedo.

— Não é maravilhoso?

Ela bebeu mais um gole e olhou para mim. Após o ataque de júbilo, sua cabeça afundou novamente no travesseiro; parecia ter encolhido de novo, protegida como a de uma boneca na caixa.

— É maravilhoso, mesmo — murmurei.

Ouvia meu coração trabalhar. No ombro, senti uma comichão. O que aconteceria depois? A porta se abriu, e uma voz estridente dividiu o quarto em duas partes.

— O que está acontecendo aqui? Um banquete?

Carol estava usando o largo sobretudo verde aberto e, mal chegara à soleira da porta, já fazia movimentos exagerados para tirar os cabelos ruivos da testa e compreender a cena que se descortinava à sua frente, imaginando-a até o momento da catarse, que chegou a deslumbrá-la. Ela se curvou na direção de minha irmã para abraçá-la. Batendo no travesseiro, ajeitou-o sob a cabeça de Ines. Olhou para as flores.

— Elas estão se mantendo — disse, arrancando uma folha morta. — Mas, pelo que vejo — e ela deu um sorrisinho forçado —, há presentes melhores.

Uma onda do seu perfume doce me alcançou. Ela olhou em volta, mas não encontrou uma segunda cadeira no quarto. Ao lado, bateram uma porta. E, como se aquele tivesse sido um sinal secreto, levantei, peguei a parca e a mochila e disse:

— Estou indo. Este quarto já está superpovoado.

— Mas não por minha culpa — observou Carol, que imediatamente se sentou na cadeira que vagara.

Ela praticamente a arrebatou de mim, de forma que as alças da mochila ficaram presas no espaldar e Carol quase acabou do lado da cadeira. Aquela cena indelicada e burlesca levou Ines a inventar uma justificativa.

— Você tinha dito que viria na hora do almoço — disse para mim. — Por isso, achei ótimo que Carol só pudesse vir à tarde...

— Tudo bem! — interrompi e mandei um beijinho com a mão.

Dessa vez não quis abraçá-la, não diante de Carol. Também não queria sair rápido demais. Afinal, não estava fugindo. Por isso, aproximei-me da porta bem devagar e ainda dei uma parada diante da pia para ajeitar minha echarpe. Só alguns instantes, mas o suficiente para Carol se virar para mim com cadeira e tudo.

— Vou para o Bar Orion, logo mais à noite. — Passou-me a informação daquela sua posição enviesada e inferior para mim, lá em cima. Seus lábios cor de cereja brilhavam. — Por que você não vem também?

— É, talvez — disse eu, deixando claro que aquilo significava "não vou, não".

Atrás de Carol, vi Ines, que tentava combinar alguma coisa silenciosamente comigo, apontando várias vezes para a garrafa e para o pulso, no lugar onde se usa o relógio. Ela quase perdeu a calma, pois eu, sua fornecedora, não quis lhe dar atenção. Faltou pouco para me mandar voltar em breve, quando eu disse, finalmente:

— Pode deixar que volto logo, Ines, prometo.

O brilho ansioso nos olhos de Ines me perseguiu enquanto eu percorria os corredores brancos do hospital. "O que foi que eu fiz?", perguntei-me, embora não soubesse bem no que estava pensando. Cumprimentei com a cabeça a enfermeira que passou por mim no corredor, vi seu rosto bondoso e enrugado, e tive certeza de que tinha sido com ela que Ines havia conversado. Sem perceber, estava caminhando pelo jardim zoológico, sem noção do tempo. Havia mostrado meu passe semanal ao funcionário da bilheteria e passara pelos cercados, animais selvagens, aviários, lhamas e focas. Empurrei a porta giratória da saída e fui para a Hanauer Landstrasse. Estava congelando.

Percebi que um homem me observava na lanchonete. As mesas estavam posicionadas de tal forma que clientes solitários se sentavam lado a lado, sobre tamboretes, olhando para a rua; ele estava sentado ali e me fitava, enquanto acendia um cigarro sem desviar o olhar. De repente, quis ter o poder de me tornar invisível. Parei o primeiro táxi que passou.

— Para o Bar Orion, por favor.

— Longe assim? Uma corrida dessas vale a pena — disse o motorista, cínico.

Não conseguia ver nem seus cabelos nem a nuca, porque usava uma echarpe e um gorro de lã. Foi pelo espelho retrovisor que vi seu rosto vermelho e os olhos apertados, que tinham algo de demoníaco sob as sobrancelhas cheias. Ele arrancou com tanto cuidado que mais parecia que eu era de porcelana e, em seguida, aumentou a velocidade abruptamente. Encolhi-me no assento traseiro e lamentei não ter ido a pé. Olhei pela janela, sem saber se o motorista estava fazendo uma volta desnecessária; de qualquer maneira, lá estavam o muro comprido do zoo e as pedras vermelhas — poderia ser o muro de um cemitério que, com a aceleração do motorista, se transformava numa superfície uniforme vermelho-acinzentada. Pouco depois, ele deu uma freada.

— Aqui estamos.

Cambaleei até a entrada. A luz estava mais fria daquela vez, ou pelo menos foi a impressão que tive. Ela acentuava, logo que entrei, os rostos sem vida das três mulheres que conversavam animadamente diante de três copos altos no bar. Mas havia outros clientes.

— Oi! — gritou alguém, lá de trás, estridente demais para o meu gosto.

As três mulheres emudeceram, viraram-se e retomaram a conversa. Agora, falavam mais alto.

— Ambiente esquisito — disse eu para Carol.

— Oito horas, o que você queria? Eles acabaram de abrir! — respondeu ela.

Olhei no relógio. Carol tinha razão. Suspirei; em um dia de semana, naquele horário, eu deveria estar em qualquer lugar, menos em um bar. Uma corrente de ar frio veio da porta. Pedi uma taça de vinho, sem perguntar o que Carol queria, bebi tudo em um gole e decidi não me perguntar mais o que eu queria realmente, não só hoje, mas para sempre

— Quer dizer que você veio.

Seus dedos tamborilavam uma marcha de vitória sobre a madeira do bar.

— Você está consciente de que Ines está no hospital porque não conseguiu aguentar a noite que passou com vocês.

— É mesmo? — perguntou Carol, aproximando-se de mim.

Achava aquele desejo em seu rosto insuportável. Sempre que lançava seus cabelos ruivos para trás, seu perfume se tornava mais intenso. Ela devia tê-lo passado novamente para comemorar. Um cara louro, baixinho, usando um conjunto jeans surrado, acabava de entrar no local.

— Eu disse que não era uma boa ideia pedir champanhe para ela — respondi. — Ela tinha dito claramente que não queria beber nada naquela noite.

Carol balançou de leve a cabeça para expressar preocupação e, até certo ponto, compreensão.

— É uma situação bastante corriqueira. Não há como protegê-la.

Fiquei em silêncio.

— Além disso, foi Rebecca, ela fez o pedido. E ela não sabia de nada. Como você pode me acusar?

Fiquei irritada.

— Nem você acredita nisso. Rebecca sabe de *tudo*. Ela fez aquilo de propósito. E você, como amiga dela...

Carol deixou a cabeça pender.

— O que está acontecendo?

— Talvez ela não seja tão sólida assim. A minha relação com a Rebecca.

A relação dela com Rebecca. Meu Deus! Será que isso realmente me interessava? Eu ia beber mais uma taça e iria embora. Fiz um gesto para o barman. Independentemente do que se podia ter contra um local desses, o serviço era mais rápido do que o melhor gatilho do oeste. Velocidade máxima!

— Não sei, é difícil de explicar, ela consegue estragar tudo — continuou Carol. — Quero dizer, não do jeito como Ines estraga. Algumas palavras bastam. Quando acendo uma vela para o jantar, diz que tenho uma tendência mórbida para o romantismo.

Carol olhava para o balcão diante de si. Não fumava, não bebia, só falava. Fiquei tocada com a naturalidade com que ela achava que aquilo pudesse me interessar. Tentei imaginar Carol e Rebecca durante um jantar à luz de velas, naquele apartamento estéril, mas não consegui.

— Primeiro— complementou Carol —, pensei que ela só estivesse com ciúmes. Mas, agora, não sei se ela não sente simplesmente prazer com essas coisas.

— Então, você deveria sair de lá o mais rápido possível — aconselhei-a. — Largue Rebecca.

— É cada vez mais o que quero — respondeu ela.

— Você está querendo dizer que ela não deixa você ir embora? — Agora não estava mais sendo educada, mas tinha ficado assustada.

— Não. Não estou encontrando um apartamento.

Dei uma gargalhada curta. Afinal, no que é que eu estava pensando? Mas sua confissão me deixou satisfeita e eu olhei, mais bem-humorada, para o louro que tinha começado a dançar, sacolejando a cabeça de um lado para o outro, em sequências entrecortadas pouco naturais, como se estivessem tirando fotos dele para uma ocorrência policial. Do jeito que dançava, era de se pensar que a alegria de viver era algo risível. Carol ainda não tinha acabado.

— Primeiro, ainda me segurei à ilusão de que tinha sido algo especial para ela.

— É? — Não estava escutando com muita atenção.

— A primeira vez com uma mulher deveria ser como a única primeira vez, mas me enganei, pensando que os outros eram como eu. Para ela, não era mais do que um erro cometido no auge de uma bebedeira. Um erro que ela repetiu do jeito que repetia as bebedeiras. Um total paradoxo, como se pudesse apagar tudo com as repetições. Talvez ela também estivesse tentando sentir algo de verdade, mas não conseguiu.

Finalmente, eu compreendi que ela não estava falando de Rebecca, e sim de Ines. Ela começou a explicar.

— Ainda que ela tivesse tentado deixar isso bem claro para mim, até altas horas da noite, eu não quis saber.

— E Kai? — interrompi. — Ele não percebeu nada?

— É estranho. Encontrei com ele num museu, pouco tempo atrás, e quis me esquivar dele, ir logo embora, mas ele veio na minha direção, quase que correndo pelo salão, e disse: "Carol, se você conseguir fazê-la feliz, eu lhe agradeço. Só gostaria que você soubesse disso. A decisão é da Ines, não vou lutar por ela. Minhas energias chegaram ao fim." E eu disse que entendia bem o que ele queria dizer.

— Em que exposição?

— Como? — perguntou-me Carol.

— Em que exposição você encontrou com o Kai?

— Na Schiren. Por quê?

— Por nada.

Fiz um gesto para o barman trazer mais uma.

— Essa também não é a solução — me repreendeu Carol.

Assenti. Também não acreditava em uma solução; só queria tomar mais uma taça.

— Kai... — retomou ela, com dificuldade. — Kai diz que tem bebido muito mais desde que a conheceu.

Não queria, de jeito nenhum, que Carol me levasse para casa. Eu queria ir como vim: orgulhosa, solitária, de táxi. Na rua, procurei um e não encontrei. Não queria voltar, por causa da Carol. Decidi não ficar esperando e seguir caminho na direção de casa; certamente algum táxi passaria, mas, mal tinha andado um quarteirão, percebi o bem que o ar fresco me fazia. Apertei o passo e enterrei as mãos nos bolsos, esforcei-me para inalar aquele ar agradável e andar em linha reta. Minhas bochechas estavam em brasa, as vitrines iluminadas passavam por mim um tanto borradas; consegui distinguir uma livraria, uma sapataria e um cabeleireiro. Andava a passos rápidos, concentrada unicamente no movimento. Poderia ter continuado assim para sempre. No meio-tempo, nem teria mais valido a pena pegar um táxi, mesmo que passasse um. "Cidade sem táxis", pensei, ficando sóbria aos poucos. Foi então que vi, ao atravessar um cruzamento, a placa enorme. O rosto superdimensionado. Como que pregada ao chão, parei ali, no meio da rua, e fiquei olhando até um carro buzinar. Era ela! A velha! A 22D! Yoda! O slogan do partido: "Não se deve esquecer." E o rosto, aquele rosto conhecido meu. Os olhos eram do tamanho de pratos; os poros da pele, claramente visíveis; pelos isolados; manchas da idade. Mas não foi isso o que me irritou, e sim o nome sob a foto: Rebecca, 92. Não entendi. Como assim, Rebecca? Aos poucos, voltei da profundidade líquida do meu espírito como um mergulhador de águas profundas. Atravessei a superfície da água e tudo ficou surpreendentemente nítido. Tentei juntar os fragmentos da minha consciência. A velha, a quem eu tinha dado o nome de Yoda, também se chamava Rebecca. Ou recebeu esse nome do pessoal de marketing. Não passava de uma coincidência de nomes que me incomodou mais do que deveria... Continuei andando. No quiosque perto do apartamento de Richard, comprei uma Coca-Cola gelada e tomei-a de um gole só, congelando minha garganta e parte do meu estômago, mas eu me senti sóbria. Já que estava aqui, poderia economizar o restante do caminho e dormir na casa do Richard. Levou algum tempo até encontrar a campainha. Richard me cumprimentou pelo interfone quase que eufórico. Ainda demorei um segundo para colocar um chiclete de menta na boca. A tranca da porta zuniu e eu entrei na casa de Richard, para fazer durar ainda mais aquele maldito dia já tão interminável.

Subi cuidadosamente as escadas, cuja iluminação ainda não tinha sido consertada, usando para ver a cada degrau a luz fraca do meu celular. A porta estava encostada. No corredor, a escavadeira não estava no lugar de costume; em vez dela, um minúsculo par de tênis. Richard gritou do escritório pedindo que aguardasse porque estava falando ao telefone. Pendurei a echarpe e a parca e fui olhar na cozinha. A mesa estava coberta com a toalha de plástico, sobre a qual se encontrava o prato de Leonard com os anões, vazio, a não ser por alguns restos de tomate e uma crosta de pão ovalada cujo miolo havia sido retirado com cuidado. Leonard estava sentado com as pernas cruzadas no chão atapetado do seu quarto, iluminado pela luz agradável da escrivaninha, cuja lâmpada comprida ele havia puxado em sua direção, e folheava um livro de figurinhas. Ele já vestia o pijama, mas, pelo visto, ainda estava bem acordado. No chão, ao seu lado, novamente embrulhadas em papel-alumínio, as metades de diversos Kinder Ovo. O garoto só se interessara pelos conteúdos, que orgulhosamente enfileirados patrulhavam sua cama: um pirata, o Homem-Aranha, um cavaleiro e um monstro azul que eu desconhecia.

Leonard e eu nos entreolhamos, uma avaliação intensa, uma pequena medição de forças; o meu olhar era muito cansado; o dele, bem desperto.

— Oi! — cumprimentou-me, sem demonstrar surpresa.

— Oi, Leonard! — cumprimentei de volta, dando um pequeno passo para dentro do quarto.

O garoto tinha mudado desde aquela foto do corredor. Seus cabelos eram curtos, sem cachos, e seu rosto, quadrado e pálido; era um menino bem robusto. Parecia menos com um bombom e mais com o filho de um açougueiro. "Oi", cumprimentara ele a completa estranha no seu quarto, com a tranquilidade de um filho de pais separados e, enquanto se voltava para seu livro, ouvi-o dizer:

— A abelha Maia.

Olhei para minha roupa: amarelo-alaranjado e preto. Era ao meu traje que Leonard estava se referindo. Sentei com ele no chão, cruzando as pernas com dificuldade. Daqui de baixo, o quarto parecia maior. A luz que vinha da mesinha de cabeceira iluminava parte da cama vazia. Observei o lençol desarrumado à meia-luz. Na minha situação de cansaço exacerbado, aquilo parecia um convite caído dos céus.

— Você ainda não está dormindo? — quis saber.

Ele era um garoto educado e não ignorou minha pergunta, mesmo que a tivesse achado um tanto desnecessária. Mirou-me com certa surpresa naqueles grandes olhos castanhos.

— Não — disse. — O telefone me acordou.

Apontou para o livro. Entendi que era para eu ler e comecei de imediato, com tom exageradamente enfático. Estava um pouco nervosa, porque não costumo ter muito contato com crianças. Li até Leonard esticar os pés cobertos pelas meias quadriculadas de vermelho e azul, não exatamente limpas, e olhar com o rosto sério e tenso para a porta, onde se encontrava seu pai, ainda com o telefone na mão, observando aquela cena, provavelmente há bastante tempo.

— Lamento — desculpou-se, balançando o telefone.

Ele dava a impressão de estar tão cansado quanto eu e, do jeito que estávamos dispostos solitariamente no quarto, parecíamos criar um sistema de planetas com rotação própria, cada qual ocupado do seu modo com as particularidades de seu respectivo mundo e seguindo em órbitas completamente diferentes.

Levamos Leonard para a cama e, quando o vi deitado, senti todo meu cansaço. Fiz uma careta, mas não consegui bocejar. Com luz fraca e um copo de conhaque na mão, cada qual tentava superar o outro ao contar as banalidades do dia, mas é possível que nosso comportamento só me parecesse tão absurdo porque eu estava sempre, em tudo que fazíamos, procurando indícios de que minha traição havia sido descoberta. Sem jeito, tirei a mão quando Richard começou a acariciá-la cheio de intenções.

— Sabe — disse eu, mudando de assunto —, levei o maior susto vindo para cá. Aqui na esquina, tem aquela campanha de "Testemunhas do Tempo", você sabe qual é, deve ter visto. É uma propaganda qualquer, quero dizer, mas... De qualquer forma, dobrando a esquina... A mulher tinha aquela expressão no rosto.

Richard, que me observava atentamente, disse:

— Interessante você dizer isso justo agora. A história vai sair no jornal na segunda-feira.

Devolvi à mesa o copo de conhaque, que eu acabara de pegar.

— Que história? — perguntei. — Isso está me parecendo uma coincidência um tanto quanto estranha.

— A questão é — respondeu Richard, também pousando o copo sobre a mesa — que ela não é judia. Na verdade, é esposa de um Obergruppenführer[1] de Breslau, que está ganhando um extra, agora, fazendo-se passar por judia nesse outdoor e em outras propagandas curtas na televisão.

Fiquei observando o jeito como Richard se articulava, como se estivesse defendendo seus temas diante de grande público; um redator político da cabeça aos pés. Estava claro, para mim, que não era apenas uma questão moral que estava levantando toda aquela poeira, uma vez que esse artigo, naturalmente, também prejudicaria o partido que havia ordenado a bem-intencionada campanha. Nosso jornal estava mais próximo da oposição. Tudo era como sempre, mas, desta vez, estava me irritando. Levei Richard a mal por isso. Como seu rosto transbordava vaidade!

— Aquela velha, que culpa tem ela? Que história mais idiota, um escandalozinho supérfluo. E só fazemos isso porque Blüher adora essas coisas.

---

[1] Líder de Grupo Senior, alta patente de paramilitares do Partido Nazista. (*N. da T.*)

Richard não gostou nem um pouco do comentário insinuante de que ele fazia algo não pelo assunto em si, mas para agradar ao redator-chefe. Ele logo se exaltou.

— Bem, ela recebeu um belo cachê e os filhos dela, descendentes daquele carrasco da SS, juntam uma polpuda poupança.

— Claro! — exclamei eu. — É claro! — Minha pergunta seguinte o surpreendeu. — O fotógrafo não tem culpa?

— Não — respondeu Richard, surpreso e mudando o tom para presunção. — O fotógrafo só tirou a foto, ele não tem nenhum poder...

Eu já queria me exaltar de novo, mas deixei por isso mesmo. Preferi pegar o copo de conhaque. Pensei na minha última reportagem sobre questões sociais, as crianças ali que não eram crianças, a sujeira que não era sujeira, as teias de aranha que não eram teias de aranha, e a família que colocamos sobre o sofá gasto e tiramos fotos. Era como se nós, jornalistas, em nossa estética cultivada da feiura, tivéssemos acabado de dar em cada pessoa umas bofetadas, de amarrotar a roupa que vestiam, de manchá-las com mostarda e ketchup, de colocar alguns jornais rasgados ao lado do controle remoto na mesa da sala antes de descrever a cena ou de fotografá-la. *Artificial*. E, enquanto fazíamos anotações e fotografávamos, não sabíamos se estávamos nos comportando de forma descarada ou se éramos simplesmente impotentes; nós nos agarrávamos ao complexo de superioridade ou à sensação esnobe de *poder fazer diferença*.

— A foto vai ser impressa em tamanho grande. É uma ótima foto — elogiou Richard, arrependido de seu acesso de raiva.

Eu compreendi a intenção e assenti. Por que será que ele estava facilitando tanto as coisas para mim? Bebemos nosso conhaque em silêncio, eu apaguei a luz, Richard me chamou, puxando-me para si. Apesar de nosso extremo cansaço, achamos por bem transar para descartar qualquer mal-entendido, e eu me perdi, de bom grado, naqueles movimentos familiares. Mesmo assim, enquanto estava colocando as pernas em volta dele, começou a crescer em mim a ideia de que aquela relação, que se desenrolava sob a proteção ilusória da noite, era uma relação que começara não no prazer sexual, mas no desejo de esquecimento. Como Ines havia começado a beber não por vontade, mas para esquecer. Lamentei que o ato sexual daquela noite não passasse de um tênue compromisso, um substituto de má qualidade para nós, que não havíamos conseguido encontrar as palavras corretas para dizer, pelo menos, que, mesmo o amor não sendo coisa fácil, havíamos dado o nosso melhor.

Vi os algarismos vermelhos do relógio digital. 5h23. Embora eu estivesse bem acordada, não me mexi. Queria continuar deitada, no escuro, o máximo possível, ver o negro tornar-se cinza à minha volta, desfrutar da doce transição da noite para o dia; quando amanhecesse, quando nossas silhuetas se tornassem visíveis, os problemas também tomariam forma, e eu já considerava o sol nascente um inimigo, vitorioso sobre o quarto e seus ocupantes, clareando-o em nuanças, um inimigo que continuaria a me surpreender com sua extraordinária beleza; também desta forma, vi os raios de sol se insinuarem por entre os fios do tecido da cortina, serem tingidos e passearem pelo quarto como pequenas grades iluminadas, como manchas de sol que chegavam ao tapete, pulavam na cama e nos alcançavam; elas cortavam a coberta e minhas coxas com desenhos irregulares, como a pele de um animal exótico.

Richard dormia no seu lado da cama, bem embrulhado e de costas, como lhe apetecia, e não tive como evitar. Fui impelida a tocar a coberta branca, passar delicadamente a mão sobre ela, até a paisagem mudar ali, mais ou menos no meio de seu corpo, formando um pequeno e interessante montinho. Fui tomada de ternura e toquei a pequena tenda com a mão; era só continuar mais um pouco e ele despertaria no meio do sono e me puxaria para si. Levantei sem fazer barulho e peguei a roupa em cima da cadeira. Richard se virou resmungando para a parede; ele já se acostumara comigo levantando cedo — eu ia nadar e ele já sabia disso. Olhei para Richard e o beijei na testa; eu não estava o abandonando; na verdade, não o abandonava mesmo, já que não tinha estado realmente com ele. Era muito mais como se tivéssemos passado algum tempo lado a lado no banco de um parque, desfrutando da paisagem. E, por coincidência, eu era a primeira a levantar e ir embora.

Nos dois dias que se seguiram não vi nem Richard, nem Kai, nem Ines. À noite, o telefone tocou e eu sabia que alguém estava ouvindo a voz de Susan, mas não atendi e não deixaram recado. Cansada da complexidade da situação, me senti incapaz de experimentar mais reações ou mesmo provocá-las. Firmei-me na crença de que tudo daria certo no final, era só ficar bem quietinha; cobri-me de otimismo — um otimismo na contramão do desenrolar normal de semelhantes eventos. Afinal, o que poderia dar errado, a não ser o tempo, que faria uso da situação para enterrar na cabeça das pessoas minas mortais de medo e ciúmes? Apesar disso, embora Richard me tratasse mais friamente na redação desde que começara a reconhecer os pretextos que eu usava, e embora Kai me fizesse muitas promessas com aquela voz linda, que conferia calor e importância a palavras corriqueiras, para, em seguida, viajar para Hamburgo por um serviço, apesar de tudo isso, eu já havia tomado uma decisão: havia decidido por uma vida com Kai e Ines, independentemente de como ela seria, entregando-me crédula ao destino, convicta de *que tudo daria certo*, e reprimindo a suspeita secreta de que, à medida que alimentava meus confusos desejos ilusórios, passava a me comportar como um coelho na estrada, que acredita serem os faróis dos caminhões o sol nascente.

Visitei Ines mais uma vez; ela me revelou — uma revelação para a qual ela nem precisou de palavras — que Carol agora também se tornara uma fornecedora voluntária, e eu não me senti mais obrigada a visitá-la a cada dois dias. Além do mais, ela receberia alta em breve.

— Kai viajou — murmurou ela, ao que reagi com uma expressão estoica no rosto. — Você me leva para a clínica?

— Levo, claro! — prometi. — Vou ter que alugar um carro, mas isso não será problema.

Criei certa proximidade com algumas pessoas que haviam entrado na minha vida, independentemente se eu as tratava de forma justa ou injusta ou elas a mim. Tomar consciência disso me causou uma alegria eufórica, um estado de ânimo que, até certo ponto, se aproximava da histeria. Havia dias quase não dormia.

À noite, após o trabalho, comecei a vagar pelas ruas. Os dias aos poucos estavam se tornando mais longos, e aquela era a primeira vez que o sol da primavera dera o ar da graça. Ele levara as pessoas à rua e, até mesmo agora, quase 20h20, elas se movimentavam agitadas como formigas em um formigueiro, e havia mais carros e bicicletas na rua do que de costume, apesar de já ter escurecido e as lojas estarem fechadas. Eu havia guardado as sandálias na bolsa e estava de tênis. Como não quis passar pela casa de Richard, fiz um pequeno desvio passando pelo outdoor onde havia visto, pela primeira vez, aquele retrato. Poucos dias após a publicação do artigo, já havia desaparecido; não se via nem rasgos de papel; o retrato de Yoda não havia sido nem arrancado — colaram algo por cima. Fiquei alguns instantes na rua, com a cabeça pendida para trás, as mãos escondidas nos bolsos do sobretudo, olhando para a parede do prédio e para a jovem de roupa de baixo; depois segui meu caminho, sem pressa, com a bolsa do trabalho ainda a tiracolo, ficando cada vez mais lenta, pois agora eu não tinha mais nada a fazer. Nesse meio-tempo, chegara em Bornheim e passeava pelo caminho aparentemente infinito de areia, quando vi, do outro lado da rua, a vitrine iluminada de uma videoteca; dois janelões imensos, o da direita com o seguinte letreiro: "Entrada para maiores de 18 anos". Em um rompante, decidi me inscrever e entrei na loja, ou melhor, na parte dedicada aos adultos, dando "boa-noite", o que não interessou nem um pouco ao único funcionário no recinto, um senhor de seus 50 anos, vestido de forma desleixada e com um boné de beisebol, atrás de um pequeno balcão concentrando todas suas atenções no vídeo de segurança da loja. Parei diante do balcão e também comecei a assistir ao vídeo: uma série de corredores vazios. Demorou um pouco até ver um homem alto de camisa quadriculada, que passeava indeciso entre os corredores. Alguma inspiração momentânea me fez perguntar ao homem de boné se ele tinha algum filme de Rebecca; tive que soletrar seu sobrenome quilométrico duas vezes e depois ele ainda ficou procurando por um bom tempo no computador sem sucesso. Lamentou muito, mas não me importei. De repente, já não tinha mais certeza se realmente queria ver um filme de Rebecca; quem sabe, outro dia? Pedir um filme de uma diretora que o funcionário desconhecia acabou me elevando ao patamar de especialista, fazendo com que ele me apresentasse, cheio de formalidades, o cartão de membro. Ele reteve minha carteira de identidade até o momento em que o cartão ficou pronto para poder copiar os dados. Enquanto isso, fui dar uma olhadinha na loja. Passeei um tempo entre as prateleiras de filmes eróticos, parando cá e lá para olhar mais de perto uma ou outra capa de DVD, havia coisas do gênero *Vulvas Adolescentes* e *Lábios Maiores*, ou títulos mais inspiradores como *O Martelo Gigante* ou *Palácio das Tetas* e, finalmente, cheguei ao ponto em que o filme de horror substituía o erótico. Escolhi um clássico dos anos 1930 e, em seguida, tive uma vontade enorme de deixar o local.

— É um euro por dia-calendário já iniciado — explicou o homem do balcão, depois de eu receber meu cartão já plastificado.

Em casa, me livrei do sobretudo e dos sapatos, apanhei um enorme copo de suco de laranja e liguei o vídeo para assistir ao filme. Tratava-se de um circo cheio de deformados e anormais; na loja, eu havia lido que o filme fora filmado com pessoas deformadas de nascença, e não conseguia parar de pensar nisso enquanto olhava para o torso vivo que se arrastava como uma cobra pelo chão e que conseguia, apenas com a coordenação dos lábios, acender um cigarro; para os homens com aquelas cabeças minúsculas, de alfinete; para as irmãs siamesas, que, apesar de grudadas, haviam se casado com maridos diferentes e, de vez em quando, discutiam como planejar o dia e em que ritmo. A história girava em torno de um anão chamado Hans, o feliz noivo de outra anã, que se sente naturalmente atraído por uma trapezista e acaba se casando com ela, mas a trapezista
    se interessa pelo dinheiro dele e acaba fazendo do anão um palhaço. Uma horrível festa sucede ao casamento, durante a qual a anã apaixonada sofre junto com o espectador. Fiquei toda arrepiada. Abraçando as pernas em cima do sofá, toda encolhida, assisti ao filme.

Era uma história que não levava mais de meia hora e, quase no final, pensei ter ouvido um ruído surdo que me fez olhar automaticamente para a janela; o som era o mesmo do primeiro pássaro que bateu contra o vidro; apertei o controle remoto para interromper o filme e olhei, indecisa, para a cortina fechada. Tudo estava quieto, quieto até demais. Levou algum tempo até eu criar coragem e afastar o tecido, mas não vi nenhum pássaro, nem quando saí para a varanda. Nada a não ser os galhos negros e rijos do castanheiro no pátio, que costumavam enfrentar a chuva com bravura, e ora balançavam ao vento antes de um temporal primaveril, como se aquela paisagem japonesa recortada em papel começasse a se movimentar. Já calma, voltei para a sala; antes de dar continuidade ao filme, aumentei a calefação, pois de repente estava sentindo frio. Fiquei olhando para os créditos enquanto escutava aquela música penetrante e o coro cantarolando "Ela é uma de nós".

A vingança dos deformados congênitos foi horrível; no final, a trapezista e o anão também tinham sido completamente desfigurados, passando a mover-se como vermes pelo chão. Pelo menos aqui o interior estava refletido no exterior. Os bons, embora continuassem tendo uma aparência monstruosa, haviam saído vitoriosos, mas, ainda assim, o espectador não terminava satisfeito. Também, por que diabos fui alugar um filme de horror? Vaguei sem motivo especial pelo apartamento até procurar na minha bolsa um mapa da região, que havia trazido da redação para dar uma olhada.

Pelo que pude constatar, a viagem até Taunus seria muito bonita. De Frankfurt, pega-se a rodovia A66, depois segue-se margeando o Reno, com aqueles pitorescos morros cobertos de vinhedos se descortinando à frente. Aproximadamente na altura de Eltville, a cidadezinha das rosas, desvia-se do rio e acompanha-se a estrada sinuosa subindo o morro até Schlangenbad, na Gemarkung, onde se encontra a clínica. Não seria nenhum problema, não havia como errar; pelos meus cálculos, o passeio levaria uma hora. Perdida em pensamentos, dobrei o mapa.

De manhã, havia ido à piscina e, à noite, voltei para lá. No início, foi difícil reconhecer o lugar, a água estava negra — uma negritude na qual se viam todas as cores, que havia devorado todas elas, com o estranhamento belo de uma instalação. Mas nem de longe senti a segurança que há em um museu, a lógica onírica gaguejava, meus movimentos na direção da água — que se tornava mais estreita até se desfazer nas águas negras do Main — não eram fluidos e sim entrecortados. Dentro do rio, algo branco brilhava, o pescoço de um cisne ou a mão de alguém que se afogara. Acordei. O quarto estava gelado; a visita noturna à piscina pública tinha sido mais cansativa do que a matinal.

Fui buscar Ines no carro emprestado da solícita estagiária da redação, um Opel todo amassado, no qual se amontoavam latas de Coca-Cola, caixas de pizza e jornais velhos, embora eu também encontrasse três CDs com *A Flauta Mágica*. O cheiro lembrava abeto, que remetia ao pinheirinho que balançava no retrovisor dianteiro. Eu não tinha muita confiança no carro, mas ele pegou logo. O Opel não chegou nem a chamar a atenção de Ines quando ela saiu pela porta da frente, vestindo uma jaqueta de esqui cor de abóbora, aberta, sob a qual ainda se viam um suéter e um blazer, dando a impressão de um animal blindado e cheio de si. Sacolejando a bolsa de viagem, ela abriu a porta do carona e deixou cair o cigarro recém-aceso para poder me abraçar com as mãos livres, praticamente se deitando na alavanca de marchas. Eu senti o cheiro do seu uísque matinal.

— Entra — disse eu.

Ela bateu a porta de imediato e quase deixou a bolsa de viagem do lado de fora. Ines só se deu conta disso quando a porta emperrou. Ela se virou e jogou a bela sacola no banco traseiro. Liguei o maldito Opel e, com o pinheirinho balançante, ao som da abertura da ópera de Mozart, seguimos viagem.

Eu dirigia em velocidade regular após deixarmos a cidade, pois não havia muito tráfego. Em pouco tempo, o Reno brilhava à nossa esquerda; de vez em quando ouvíamos o apito de um barco. Até chegarmos ao Taunus, Ines não me dirigiu a palavra. Ela havia aberto a janela e colocado óculos escuros. Assim, brincando com o pinheirinho aromatizado, que ela tocava repetidamente com o dedo para que balançasse, e acompanhando o texto de "Papageno" com voz limpa de soprano, ela se assemelhava cada vez mais a uma turista maluca de férias em uma estação de esqui.

A floresta na qual trafegávamos havia me parecido sem vida de longe, uma mancha verde-escura na paisagem, mas isso mudou assim que entramos nela. A névoa matutina havia se dissipado e atravessamos o caminho verde banhado em luz matinal. Ines esticou o braço para fora da janela aberta, pássaros cantarolavam e, aos poucos, tudo começou a ter cor, apontando para vida: árvores e arbustos, até mesmo as placas que indicavam a existência de animais. Após passar pelas primeiras colinas cobertas de pinheiros, chegamos a campos rodeados por um mar de bétulas folheadas e cheios de arbustos multicoloridos e mata de corte. Cá e lá se viam galhos quebrados e até árvores atravessadas com as raízes à mostra, caídas durante as tempestades primaveris dos últimos dias. Era como se nos soltássemos do mundo real e chegássemos no interior de um conto de fadas. Ines, que parara de cantar e continuava fitando a paisagem, bebericando, vez por outra, sua garrafa de bolso, disse:

— Lugarzinho bonito, muito bonito. Vamos parar e caminhar um pouco.

Entrei na primeira estradinha que vi e parei o carro. Ines procurou algo no bolso da jaqueta, a testa franzida com o esforço, como se estivesse juntando todas as suas energias para tomar uma decisão importante. Comecei a ficar preocupada, considerando se ela sabia de tudo e estava a ponto de resolver a situação agora. Ela me pareceu tão distante; de repente, não tinha mais certeza se não havia cometido um erro trazendo-a até aqui. Mas ela acabou achando o que estava procurando na bolsa de viagem: mais uma garrafinha de bolso, que colocou na jaqueta antes de abrir a porta, agora com o rosto descontraído e com uma expressão satisfeita.

— Você não está morrendo de calor agasalhada desse jeito? — perguntei.

Mas ela já tinha ido embora; com passo rápido, entrara pela trilha da floresta sem responder. Segui seus tênis cor de laranja gritante, concentrada onde pisava, levantando cuidadosamente meu longo sobretudo — só Deus sabe como eu não estava nem um pouco preparada para uma caminhada na floresta. Gostaria de ter dito que "caminhar um pouco" não era o mesmo que seguir uma trilha morro acima, mas também não queria ser desmancha-prazeres. Era um dia importante para ela e tínhamos bastante tempo. Porém, aquela floresta, que aos poucos se tornara tão atraente quando estávamos dentro do carro, agora parecia cada vez mais ameaçadora. Os ruídos baixinhos e crepitantes que eu produzia, apesar de todo o cuidado que tinha ao me movimentar, me chamavam constantemente a atenção para o fato de eu ser um corpo estranho aqui, indefesa e entregue à natureza à minha volta. Depois de uma curva, na qual eu supunha haver uma clareira, havia ainda mais arbustos. E, assim que eu previa que a floresta se tornaria mais densa, chegávamos a uma parte mais aberta, rodeada de arbustos mais baixos. Não dava para entender a lógica. O dia estava agradável, após os ventos fortes e trovoadas das noites anteriores. A floresta respirava e estalava, e eu tinha certeza de que, a qualquer momento, um ser vivo poderia aparecer por trás de uma árvore, humano ou animal. Na verdade, porém, ninguém apareceu;

pelo contrário, Ines desapareceu depois da curva seguinte. Fiquei preocupada, ao mesmo tempo que me segurava para não sair correndo atrás dela. Nada de pânico! Era só seguir alguns metros adiante, sem perder a coragem, e a encontraria de novo. De repente, tudo ficou assustadoramente quieto, o som do vento engolido pelo emaranhado de galhos. Ao olhar para cima, não havia céu, apenas verde. De vez em quando, um passarinho mais animado dava o ar da graça, cortando o ar com seu piar estridente e alto, mas, assim que ele desaparecia, o silêncio cobria tudo de novo, como se um chumaço de algodão tivesse sido pressionado no lugar, impedindo a passagem de qualquer som, e meus passos, os estalidos e as crepitações que eu produzia começaram a parecer extremamente altos. Um pedacinho de madeira caiu ao meu lado fazendo muito barulho, provavelmente liberado por um pássaro mais audacioso. Senti-me agredida.

Aos poucos, meus olhos se habituaram à profusão de cores e começaram a diferenciar cada vez mais os tons de marrom e verde. Era como se dispusesse de mais um sentido, e eu me perguntava se Ines, a pintora, também estava assimilando aquela miríade de nuances, onde quer que estivesse. Também achei um jeito mais eficaz, embora mais cansativo, de me movimentar naquele chão com meus sapatos: pisando apenas com a ponta dos pés. "Ines", comecei a chamar, baixinho, quase inaudível, "Ines, já está ficando tarde". Não tinha mais certeza se ela estava perto de mim e também não sabia se eu estava indo na direção certa. O emaranhado de galhos estava ficando cada vez mais cerrado e meus olhos se encheram de lágrimas. O que aconteceria se ela desaparecesse para todo o sempre nesta floresta? Talvez ela só tivesse me trazido aqui para ter uma testemunha. Foi então que cheguei a uma clareira onde a vi; sua roupa berrante parecia uma fonte de luz. Ela estava sentada em uma pedra, com as costas ligeiramente curvadas para a frente, uma das mãos encostada no peito, a outra, caída para o lado; ela lembrava um enorme espírito da floresta, todo cor de abóbora. Ines parecia tão ensimesmada que não quis incomodá-la; fiquei parada ao lado de um arbusto, olhando para ela. Comecei a pensar que os espíritos da floresta se originaram de Adão e Eva, que tiveram tantos filhos a ponto de se sentirem envergonhados e esconderem parte da prole em cavernas, para que Deus não se desse conta; e essas crianças viveram tanto tempo sob a terra, cobertas de vergonha, que se transformaram nesses seres híbridos. Fiquei esperando até que ela percebesse minha presença, mas Ines não parecia se importar comigo, embora certamente soubesse que eu me encontrava a apenas alguns metros de distância. Então tomou um pequeno gole da garrafinha e, de vez em quando, regava o musgo diante de si com uma gotinha; depois, bebericava de novo, rindo. A luz construiu um círculo em volta dela, cobrindo a jaqueta com uma capa prateada. Meu coração bateu mais forte e senti as bochechas ficarem quentes. No momento, pensei, ela não está envergonhada; mas eu, eu sim, estava mais do que constrangida, por mim e por toda a humanidade.

— Ines — chamei baixinho, aproximando-me e repetindo seu nome para acalmá-la, até ela erguer a cabeça.

Somente a um metro de distância percebi que ela estava chorando. Só distingui então, com atraso, ao me aproximar; primeiro, registrei apenas os detalhes: os ombros caídos, a boca torta, as bochechas brilhantes, um brilho que quase se confundia com luz. Hesitei até parar por completo e ali, vendo minha irmã chorar, meus pensamentos me levaram dessa floresta para aquela praia, onde meus pais haviam fotografado a sorridente Ines, enquanto eu a enterrava. Isso tinha acontecido vinte anos atrás, não fazia tanto tempo assim. E, nessa floresta mágica, sob as árvores irradiantes, cujas folhas jorravam luz em vez de sombra, pensei até que poderia ter sido ontem, desde que tanta coisa mudou. Por outro lado, pareceu-me possível que tudo mudasse de novo, aqui, neste instante, e nós, Ines e eu, pudéssemos acertar nossas vidas, deixando que algo parecido com felicidade nos perpassasse como em um sistema de coordenadas, cujos pontos de encontro eram acontecimentos, pensamentos, relacionamentos contra os quais sempre seríamos jogadas de novo. E eu também acreditei nisso; naquele momento, sem qualquer motivo, acreditei. Em pé, imóvel, na floresta iluminada, fiquei olhando para Ines, que havia guardado a garrafinha e desenhava linhas no musgo com um galho, e me entreguei à esperança absurda que tomara conta de mim, à esperança de que essa floresta poderia afastar de nós todas as desgraças, aqui, agora; que um mago protetor poderia se compadecer de nós, um mago que se tornaria um presente indescritível, indefinível, indecoroso, um presente da vida ao nos oferecer almas nas quais predominavam ternura e paciência, de forma que nossa existência finalmente estivesse em conformidade com a representação de uma vida boa que carregávamos dentro de nós e sempre víamos de novo, embora só como sombra, que virava a esquina a apenas um ou dois passos diante de nós, como símbolo e indicação, como uma rua subindo a colina, atrás da qual havia mais uma colina e, essa, depois de atravessada, liberava a visão para outras colinas, uma paisagem cada vez mais selvagem, atraente e infinita, uma paisagem na qual ainda acabaríamos encontrando povoados, casas para as quais seríamos atraídas, portas que se abririam só para nos mostrar outras portas, uma pegadinha criada só para nós, e, sobre tudo isso, o céu enganador, enjoativo de tão azul, um céu como pintado em um filme tecnicolor. Um tentilhão arremeteu voo para despencar após alguns metros e, depois, conquistar novamente o céu, como se movido por um motor de brinquedo.

— O colorido do mundo — disse Ines, compenetrada, enquanto mirava o chão —, todas essas cores, todas juntas, têm como resultado nada mais, nada menos do que a imundície.

— Aí, ela jogou o galho fora e se levantou abruptamente. — Vamos embora — concluiu.

Dez minutos depois, passamos pela entrada e subimos, lentamente, o largo acesso de cascalho. Ao nos aproximarmos, vimos algumas silhuetas de pé, ao lado da casa imponente, fumando e conversando. De repente, Ines parecia estar com pressa de fazer parte daquele grupo, pelo menos foi a impressão que tive. Ela se despediu rapidamente de mim. Percebi que ainda não estava preparada para vê-la partir. Pelo para-brisa, fiquei vendo-a se afastar. Ela ia com o passo apressado — a não ser pelo ligeiro cambalear — das pessoas que têm um objetivo. Balançando sua bolsa de viagem, virou e acenou para mim nos últimos metros, antes de tocar a campainha e a porta se abrir. Quando finalmente se abriu, minha irmã atravessou a soleira para a clínica como se fosse uma linha de chegada. Fiquei sentada no carro, as horas seguiam umas após as outras, o sol se apagou, o crepúsculo se apossou da região e eu fumava e esperava que algo acontecesse, que Ines saísse correndo ou algo assim, mas nada disso aconteceu. Na casa, as luzes se acenderam. As árvores se moviam ao vento; além disso, nada mais se ouvia. Ninguém veio para a clínica ou saiu dela. Meu celular tocou três vezes, depois, silenciou-se de novo e, finalmente, a porta se abriu. Fiquei quase aliviada, certa de ver Ines. Mas se tratava de uma mulher com uma menina que apertava um urso enorme contra si. A mulher parecia ter chorado e a menina estava feliz, talvez por ter visto o pai. Gostaria de ter podido perguntar o que achavam da clínica, com que regularidade podiam vir visitar, qual era o processo a partir do momento em que alguém passava pela porta, mas elas já haviam desaparecido para dentro do carro. A menina foi presa no banco de trás e eu a vi acenar para mim pela janela, sorrindo, confiante, na minha direção.

A conversa com Flett se baseia no estudo *Consuming The Romantic Utopia* [O Consumo e a Utopia Romântica], de Eva Illouz.

Este livro foi composto na tipologia Adobe Garamond Pro, em corpo 11,5/15,4, e impresso em papel off-white no Sistema Cameron da Divisão Gráfica da Distribuidora Record.